NORI SAIKA
齋川美乃梨
MAKI HASHIBA
橋場真貴

我們的重製人生 04

「路上小心」

Remake our Life!
Let's time-travel to 10 years ago and reenjoy creative and sweet youthful days.

目次

Contents

我們的重製人生
木緒なち
繪者 えれっと
Kionachi / Illustration Eretto
「路上小心」
Remake our Life!
Let's time-travel to 10 years ago
and reenjoy creative
and sweet youthful days.
04

序章　「原來是那時候啊」

應該是暑假開始之前不久吧。

那是前期的拍攝影片告一段落，正在構思新作品點子的時候。我和貫之頻繁討論，窩在彼此房間閒聊的機會也變多了。

內容沒有特別限定。只要與劇情有關，貫之都來者不拒，試圖吸收任何類型的內容。

理所當然，戀愛也在討論的話題之內。

「喂，恭也。如果要結婚的話，志野亞貴和奈奈子你選誰？」

當貫之突然問我這個問題，我慌張不已。

「就、就算突然問我這種問題，我怎麼可能答得出來啊！」

貫之經常問我與男女有關的『如果』話題。

原因很簡單，是為了當成他的劇本點子。

「哈哈，恭也你真是好人。不會輕佻地基於齷齪的原因選擇呢。」

「這個……也是啦。」

基於常識，我不想對住在一起的人品頭論足。

「所以說，你喜歡誰的胸部？」

「呃……」

結果我話剛講完就打臉，想像打破常識的景象。

果不其然，看到啞口無言的我，貫之捧腹哈哈大笑。

「……我要回房間去了。」

「抱歉抱歉，是我錯了。再陪我聊一下啦。」

被一臉苦笑的貫之挽留，我有些不滿。

反正男生之間的話題大多聊的就是這些，這也是事實。

「所以真要選的話，你選誰？其實你有興趣吧？」

……結果他還不死心地追問。

「哪有啊。彼此距離又不是很近，也沒有發生過類似的事件。」

其實是學園祭那件事之前的小插曲。

亦即別說接吻，既沒牽過手也幾乎沒接觸過。頂多就是奈奈子的胸部碰到我背後時，感到心跳加速。

至於志野亞貴，除了不小心在浴室碰面以外，之後也沒什麼特別的事件。

老實說，這時候我僅以嚮往的眼神看待她們而已。

「那麼意思是，如果今後有這種小插曲的話……就有可能性嗎？」

貫之的雙眼好奇地發光。

「……嗯，或許吧。」

兩人都這麼可愛，個性又這麼好……我怎麼可能拒絕呢。

「話說貫之你會選誰啊。」

「我對兩人都沒興趣。只覺得她們都是非常好的女孩。」

「什麼意思啊！」

這答案彷彿從一開始就準備好了。

不過正因為他能如此斷定，才會期待地試探我的反應吧。

房子外頭傳來貓的叫聲。目前這間房間內，只有貫之輸入鍵盤的喀噠作響。

我一邊看他書架上的漫畫，同時詢問。

「然後呢，你打算怎麼活用我說的內容？」

貫之的手離開鍵盤，

「某一天突然穿梭到未來，結果已經與女性朋友結婚還有了小孩。就讓我用在這種設定的故事上吧。」

「聽起來很不得了呢。」

我完全無法想像從朋友變成夫婦關係。

「但只要男方多少有一點對方嚮往的部分，總會逐漸增進關係吧。」

「是這樣的嗎。總覺得我快暈了。」

「這部分才有機會營造戲劇般的氣氛啊。」

應該說當成美少女遊戲的題材才會感到有趣吧。

「不對，女方也要失去記憶才會有趣……對了。」

這時候貫之似乎想到什麼，開始專心打鍵盤。

「乾脆這樣，將剛才的橋段當成誤導，設計成顛覆整體設定的內容比較有趣吧。劇情設定成先讓讀者認為自己在扮演家人，實際上這本身就是某個計畫的一部分……」

一邊念著，貫之開始接連翻開劇本集或小說。

「提到虛擬家人，這部劇本已經基於不錯的點子演繹過了。所以我別走這條路，進一步針對手法下功夫比較好吧。如果太過頭會變得很複雜，因此只要盡可能減少登場人物……」

不知道他在自言自語，還是在向我說話，貫之一直專注地說個不停。如此一來，即使我向他開口，他也會完全心不在焉。

再打擾他也不好意思，於是我輕輕站起身，

「那我要回房間去囉。」

向貫之開口後，便離開他的房間。

然後我立刻，

「哇，志野亞貴!?」

與正在客廳悠哉吃東西的志野亞貴碰面。

「啊，恭也同學。你剛才和貫之在聊天嗎？」

「嗯，是啊……」

她應該沒有聽到聊天內容吧。如果真的被她聽到，實在有點難為情。

「之後要去買東西時，拜託買廚房紙巾回來。因為已經用完了。」

「廚、廚房紙巾是嗎，嗯，知道了。」

……對話似乎沒提到那些聊天內容。

我再度端詳志野亞貴。她縮在被爐內的模樣實在很可愛。這麼說可能會惹她生氣，但是看起來實在很像國高中生。只有傲人的胸圍與嬌小的身軀不太相襯。

但是我已經知道，她的內心十分成熟。她經常完全明白我的孩子氣煩惱，並且願意聆聽。好幾次讓我在包容的體貼中，彷彿受到救贖一樣。

如果結了婚嗎……

我的確覺得，她有可能成為非常體貼的母親。

「恭也同學？」

我不知不覺注視著她，結果她對我露出不解的表情。

我急忙將話題拉回廚房紙巾。

「噢，對啊，廚房紙巾的確剩沒多少呢。突然變少了嗎？」

記得昨天看到的時候，好像還剩下不少。

又沒有炸過東西，我想不到突然減少的原因。

「……這、這個啊。我剛才不小心打翻了水。才會用掉。」

「噢，原來如此……」

志野亞貴身高不高，裝水時難免會呈現不自然的姿勢。所以她在我們四人中最常弄掉或打翻東西。

「抱歉喔，恭也同學。」

「不會，沒關係。那我去買來擺。」

其實沒什麼好道歉的。

志野亞貴以小小的嘴，一點一點吸著泡麵。

她吃的是九州地區限定販售的速食泡麵『好吃喔』。身為九州人，追求豬骨湯頭滋味的她，特別喜愛這一款從老家送來的的麵。

不知不覺中，她已經吃起了泡麵。而且頻率高到讓人懷疑她的身體由這款泡麵組成。

所以我之前稍微多管閒事了一下。

「志野亞貴，記得要加點青菜喔。」

容器內已經放了少許高麗菜與紅蘿蔔。由於她老是直接吃麵，我事先買了冷凍的切片蔬菜放在冰箱。

「因為被恭也爸爸唸過，所以有確實添加喔。」

「那、那就好。」

她一瞬間喊我爸爸，讓我內心一驚。原因當然是剛才的發展。

「不過都加了蔬菜，味道怎麼還很濃呢。不知道是什麼原因。」

志野亞貴對面前的泡麵表示疑惑。

我知道添加蔬菜會讓味道變淡，但變濃又是怎麼回事。

「志野亞貴，妳有用杯子確實量過水量嗎？」

保險起見，我詢問她初步中的初步，

「水量是什麼意思？」

結果她一臉不解，說出很有趣的回答。

「……妳看看包裝袋的後方。」

志野亞貴依照我的指示，翻過『好吃喔』的包裝袋。

「咦，這個四百五十毫升是什麼意思呢。」

「那就是水量。這樣的水能讓麵湯的的鹹淡適中。」

我告訴她後，她發出「哦～……」的怪聲。

「真是驚人呢……活了十八年第一次知道。因為我以前都隨便加水。」

「今後就能吃到更美味的麵啦。」

志野亞貴點頭同事，同時「咕嚕咕嚕」地喝著麵湯。

「恭也同學真的好像爸爸呢。」

「為了區區泡麵的方法就受到這種稱讚，沒多久我大概就要升格成神明了。」

「如此一來，今後應該還能教我許多各種事情，不錯喔～」

「我還是別成為神明好了。」

我苦笑的同時，看了一眼時鐘。

「啊，快到推出特賣品的時間了，我去買東西囉。」

「路上小心。啊，對了，恭也同學。」

志野亞貴看起來似乎有話要說。

「麥仁巧克豆如果有特價就幫我買一包～妳想這樣說吧？」

而我開口搶先回答。

「討厭，我不喜歡這樣模仿我啦！」

她嘟起臉頰抗議。

「抱歉抱歉，那我幫妳找找看麥仁巧克豆。」

「謝謝，那麼路上小心喔～」

我輕輕揮手，回應活力十足地揮動小手的志野亞貴，然後開門外出。

外頭的天氣很棒。騎車徜徉在暖意下應該十分舒服。

「與志野亞貴結婚的話……是嗎。」

雖然我沒想過，但是可能性並不為零。只要彼此都還活著，世事就沒有絕對，不是不可能發生。

這麼一來，我可能要包辦下廚在內的一切家務嗎？她會一直吃速食泡麵嗎？要由我用量杯測量水量嗎？應該說，如果她要以秋島志野的名義活動，我會在一旁支持她嗎。

「等我和她交往的話……再想吧。」

目前還等於天方夜譚，而且還有許多要考慮的事情。

所以當時，我並未深入考慮這件事。

……想不到接下來不到一年的時間，會演變成這種情況。

第一章　「根本不明白嘛」

柔和的陽光灑落在公寓中的一間房。

置於廚房餐間的桌子上，準備了十分美味的早餐。

有冒著熱氣的玉米濃湯，散發芬芳香氣的吐司，還有翠綠的沙拉。完美至極的光景，彷彿為了拍攝而準備。

「媽媽，我啊，之前學了新的歌呢！」

「呵呵，那麼等一下唱給媽媽聽喔？」

「嗯，我會多唱幾首！」

圍坐在餐桌旁的母女聊著日常瑣事，同時面露笑容。

不論從哪個角度看都足以堪稱「幸福的日常風景」的範本。而我獨自一人，毫無存在感地啃著吐司。

（應該……不是夢吧。）

從剛才我就捏了好幾次臉頰。還洗過臉。發生在眼前的事情實在太超現實，我嘗試過各種方法，試圖回到原本的世界。

可是任何方法都沒有變成回到原本世界的入口。只是讓我更強烈認知到，眼前的世界毫無疑問是現實。

但我還是覺得，這只是一場夢……

「孩子的爸。」

面前的女性忽然向我開口。

「咦，呃……什、什麼事？」

聽到別人口中喊出平時不習慣的名稱，我一下子慌了手腳。

「怎麼了嗎，從剛才就一直光啃吐司，也要吃其他東西啊……難道沒什麼食慾嗎？」

仔細一瞧，我的確從剛才就只吃吐司而已。

「爸爸不是一直叫我什麼都要吃嗎，不公平～」

一旁的女孩嘟起臉頰，對我露出抗議的表情。

「沒、沒有啦，不是的。我有食慾，吐司以外的東西也會吃。」

我急忙端起盛裝玉米濃湯的杯子，喝了一大口。

火熱的液體一下子在口中擴散。

「好燙!!」

然後果不其然，燙傷了舌頭。

「哇，沒事吧？」

女性急忙幫我準備裝了水的杯子。
我喝了一口，然後吁了一口氣。
「抱歉，謝謝妳……我在做什麼啊。」
「呵呵，好像難得見到孩子的爸這麼冒失了呢。」
女性對我露出柔和的笑容。
雖然顯得有些成熟，不過我在原本的世界也對她的笑容十分熟悉。
「啊，不過這湯真好喝……」
我再次喝了一口，玉米的口感留下的濃厚滋味頓時在口中擴散。
「是嗎，太好了。這可不是現成的，而是從頭開始慢慢煮的喔？」
（似乎是）志野亞貴的女性得意地挺起胸膛。
可愛至極的模樣與原本世界的她一模一樣，但是志野亞貴原本應該不擅長下廚。甚至沒想過以量杯測量水量的女孩，居然學會了以罐頭玉米、牛奶與鮮奶油仔細煮湯。照理說需要相當程度的學習過程。
果然有那裡偏離了。而且還偏了許多地方。
（志野亞貴……）
照理說她應該和我同齡，都是十九歲。
可是如今在我面前的她，年齡看起來有一點大。

不對，沒有任何證據可以證明她就是志野亞貴。

就算笑容再怎麼相像，不論散發的氣氛與舉止，以及遣詞用字，都完全不是她。

（之前與貫之瞎扯的內容，竟然會以這種形式實現。）

早知道會變成這樣，當初就應該更起勁地聊ＩＦ世界線的話題。既然無從確認她是否為志野亞貴，我也完全不知道該如何應對。

更麻煩的是，我連自己目前身處什麼地方都不知道。

（冷靜一點……現在要先掌握現狀。）

「我要看閃亮美少女！」

「好，吃完飯再看閃亮美少女喔。」

兩人繼續幸福的親子對話。

而我也一樣，始終對異樣的氣氛感到困惑。

◇

飯後，真貴一收看『閃亮美少女』，便立刻對我發動「玩耍攻擊」。我好不容易逃離她的攻勢，回到自己剛才睡覺的房間。

（……總之先收集情報。）

面對很長一段時間沒碰過的筆記型電腦，我下定決心開啟瀏覽器。

首先讓我再次驚訝的，是現在的日期。

我在回到十年前的世界前，世界是二〇一六年秋季。

但現在顯示在眼前的日期，卻是二〇一八年春季。

「有一年多的空白時間嗎……」

若是以前也就算了，但是在這年頭，一年可是相當長的時間。尤其我曾經涉及的媒體業，肯定已經產生翻天覆地的變化。

我想掌握所有情況——可是現在調查的話，會消耗很多時間。而且我目前甚至不知道自己身處的未來與之前的世界是否銜接。

「得查詢我目前的所在位置。」

我以瀏覽器開啟地圖工具，確認現在的位置。

「登戶……等等，這是哪裡啊？」

目前居住的公寓位於東京與神奈川的交界。多磨川流經附近，剛才傳來的電車行駛聲是小田急的電車。

我原本在都心上過班，雖然了解地理環境，不過與頭一次居住的地方沒什麼差別。更重要的是，目前我沒有任何家人以外的朋友。

「真想找人聊一聊。」

向疑似是志野亞貴的女性詢問，應該是最快的方法，可是風險多半也不小。有沒有更客觀的對象……

我拿起手機，滑開通訊錄一瞧。

畫面上只有多到嚇人的陌生人。十年光陰當然會讓人際關係跟著改變，可是自己的通訊錄全都是不認識的對象，還是讓我嚇得背脊發涼。

「對了，應該看通話紀錄。」

只要能確認不久前聯絡過誰，開口的門檻就能大幅降低。

如此心想的我試著回頭翻通話紀錄，卻始終找不到認識的名字。

「啊……」

其中我終於發現在這種情況下，某種意義上可能是最可靠的人物名字。

「唔～兩個月之前嗎，有點微妙呢……」

要說最近，卻又過了一段時間，不過還在容許範圍內。

今天是五月中旬，星期天。就算現在打電話，應該也不算失禮。

抱著救命稻草的想法，我點下通話的圖示。

響鈴了幾聲後，對方接通電話。

「啊，是河瀨川嗎？該說……好久不見了吧。」

有如打斷話說到一半的我，「救命稻草」的她主動開口。

「先別說這些，之前我稍微提過的那件事情，還是不太順利。所以我覺得必須找你商量一下。」

「呃，河瀨川？」

「明天能不能早點來公司？大約上班前兩小時，到時候再告訴你。拜拜。」

然後她乾脆地掛斷電話。只剩下『嘟～嘟～嘟～』的忙線聲。

「……究竟是什麼事啊。」

總之知道了我和河瀨川在同一間公司工作。雖然知道，卻對其他事情一無所知。

「本來想找她商量，結果她卻有事找我商量嗎。」

就算她說之前提過，我當然也沒有「之前」的記憶。從她的語氣判斷，多半與工作有關，但我對內容一無所知。

目前似乎暫時決定，我明天要提早進公司。

◇

「結果還是沒搞懂呢。」

晚上浸泡在浴缸內，我同時回顧今天的事情。

我穿梭到二〇一八年的世界。這裡有似乎是志野亞貴的女性，以及可能是她女兒的少女。我則是這個家庭的一份子，過著日常生活。

本來想找河瀨川確認情況，卻幾乎什麼也沒問到。

「謎團愈來愈多，是嗎。」

我以雙手掬起熱水，嘩啦一聲潑在臉上。

更何況。

我連來到這個世界之前不久的事情，都完全想不起來。

還記得我和貫之在談非常難過的事情。也記得最後，他離開了藝大。

可是之後的記憶就像淡出一樣，染成了一片黑色。

這個世界的祕密可能就隱藏在其中吧。

「唔……」

陷入沉思的我，

「爸爸！我也要進去！」

耳邊突然響起開心的聲音，門跟著開啟，真貴跑進浴室。

「哇！等、等一下，真貴……！」

「怎麼了嗎？」

真貴感到不解。理所當然，她身上一絲不掛。

「呃，這個……妳身上，沒穿衣服呢。」

「欸～？爸爸你不是說過，進浴室之前要先脫衣服嗎？」

原來我說過這種話啊！呃，雖然這句話是正確的！

「沒關係，我會確實洗乾淨身體再進去泡！」

真貴動作熟練地擠出洗髮精，開始洗頭。

（唔……即使刻意避免去想，依然會看見。）

就算沒有這種癖好，天底下也沒有哪個男人看見一絲不掛的女孩子會毫無反應。更別提非常像自己心儀對象的少女。無論如何都會想入非非。

（盡可能別看她，也不要去想。）

依照記憶，我今天才剛遇見她，可是她在設定上是我的女兒。

看到這孩子的裸體，如果我身上某部位出現不該有的反應，我肯定會在罪惡感的苛責下想撞牆。

但是在我對抗逼近的煩惱時，

「爸爸，幫我搓身體！」

「欸、啊!?」

真貴卻向我提出驚人的要求。

「怎麼了，平時不是都幫我搓嗎？」

原來平時都在搓啊。我的意識與鋼鐵一樣堅定呢……

「我、我說真貴。」

可是現在的我，實在無法維持冷靜搓洗她的身體。

「真貴差不多該學會自己洗澡了。」

「是嗎？」

「沒錯！一直長不大可是很難為情的喔。」

在原本的世界聽妹妹說過，小學低年級的孩童似乎特別愛逞強。所以只要刺激這一點，她肯定願意自己洗澡……

「知道了！那麼我也自己洗澡喔！」

「嗯，很棒很棒！洗好後要沖乾淨，然後再進入浴缸泡澡。」

「好～」

總之得救了。

但如果真的從她出生就一直看到現在，肯定不會有這種困擾。要是每次洗澡都想入非非，那麼全世界的父親都沒辦法和女兒一起洗澡了。

（下次得想辦法引導她一個人洗澡才行……）

如果順利，我的精神就能維持平靜了，理論上。

「欸，爸爸！」

真貴突然喊我。

「嗯？哇、哇啊！」

我回頭一瞧，發現已經沖乾淨所有泡沫的真貴，肌膚嬌嫩的身體映入眼簾。

「爸爸你看，我沖乾淨囉！」
「噢，嗯，洗得真乾淨呢……」
「爸爸，你沒有仔細看吧！」
我略為轉移視線，結果她跑到我的視野正前方！
「爸、爸爸看到了！看得很仔細啦！」
看見了。而且看得相當清楚。
「爸爸，我可以進去嗎～？」
「好、好啊……」
真貴很有精神地進入浴缸內。她看起來相當高興，晃動雙腿打水。
「好熱喔，身體好暖和～爸爸也滿臉通紅耶～！」
「對、對啊，熱水，很熱呢……」
我會臉紅不是因為浴缸內的熱水，但我當然不敢說。
總之我下定決心。要盡快讓真貴學會一個人洗澡。否則可能會在什麼地方發生不得了的意外。
『欸，媽媽，我和爸爸泡澡的時候，爸爸突然長出了第三隻腳呢！』
想像著可能多達三萬轉推的推文，我泡著熱水澡的身體顫抖了一下。

◇

洗了個完全無法放鬆的熱水澡，身體嚇得抖了一會。然後我享用志野亞貴充滿愛情的晚餐，接著在客廳休息。

「我有了女兒……是嗎？」

真貴靈巧地滑著平板，在網站上看著Youtuber的影片，同時發出笑聲。我露出看著陌生人的眼神凝視她。

就算設定上她是我女兒，我也不可能說「好，那麼她就是我的女兒」立刻適應。更何況還從困難模式，突然從看到她的裸體開始，不困惑才奇怪吧。

這真的是現實嗎？

和我不久前的所在之處實在相差太大。我偶然想起這個問題的瞬間，異樣與疑問頓時一口氣湧上心頭。

「這個世界究竟要持續多久啊。」

要是知道我就不會這麼辛苦了，當然，我根本不知道。

總之目前只能想辦法，強裝自然地在這個世界生活，同時尋找情報。

「喝點水吧……」

我突然感到口渴。於是起身前往廚房，在杯中倒水。

一口氣喝下水後，我環顧四周。

廚房整理得很乾淨。志野亞貴應該確實打掃過，絲毫沒有下廚後的雜亂痕跡。可能為了彌補身材嬌小，地上還放著她專用的踏腳臺。

過去經常打翻水的她，絲毫不存在於這裡。

「哇，糟糕！」

因為我心不在焉地喝水，喝到一半全撒在衣服上。

「糟糕……」

結果衣服前方全濕了。

想不到我竟然重蹈志野亞貴以前的覆轍……

「爸爸，怎麼了嗎？」

似乎對我的聲音有反應，真貴走了過來。

「哇，爸爸溼答答了呢！」

真貴蹦蹦跳跳，聲音聽起來特別開心。

「真貴，毛巾放在哪裡。」

我一問之下，她以手指了指告訴我。

「在洗臉間喔。」

「謝謝……」

總之得擦乾才行，於是我跑向洗臉間。

◇

水從溼透的襯衫滴滴答答落到地板上。灑出來的水量似乎比我想像中還多。

「哇，身上潑到這麼多水啊，得趕快擦拭才行……」

總之我專注於找毛巾，不管三七二十一開啟洗臉間的門。

我當然知道，後方就是浴室。畢竟我剛剛才進去，也知道志野亞貴在我洗好澡後才接著進去洗。

但是我心想，她應該剛進浴室沒多久。雖然實際上過了更久，但我沒發現在思考的期間，時間過得比想像中還要快。

因此在洗臉間的，

「啊。」

是正在以毛巾擦拭頭髮的志野亞貴。

「…………咦？」

我忍不住發出疑問的聲音。

她的身體呈現粉紅色。由於剛泡好澡而泛紅，這是理所當然的，不過非常漂亮。

即使我從腦海中挖出以前看過她穿泳裝的記憶，還是覺得沒什麼變化。濕潤的秀髮有光澤，還滴落著水珠。胸部相較於身高顯得豐滿，身體也格外豐腴。不，最重要的是，沒有水蒸氣也沒有遮擋的狀態下，她現在——

身上完全一絲不掛。

「哇、哇啊——」

我好不容易擠出聲音。

「抱、抱抱抱歉，這個，呃，我來拿毛巾。」

但是志野亞貴絲毫不在意狼狽至極的我。

「噢，毛巾吧。等一下喔。」

完全不遮住前面，從架子上取出毛巾，

「來，拿去。」

若無其事地遞給我。

「噢……謝謝。」

我也怪異地回答她，一瞬間呆站在原地。

……這也難怪。

志野亞貴和我結了婚，連孩子都有了。照理說彼此已經看過對方的裸體無數次吧。

現在就算在洗臉處面對面，也不該大驚小怪。

沒錯，兩人都看過對方的裸體許多次……

「唔……」

我忍不住想像。想像我和志野亞貴坦誠相見。之後的過程雖然省略，但我的確頓時臉紅到不能再紅。

「謝、謝謝，那我先離開了！」

留下感到不可思議的志野亞貴，我急忙回到廚房。

沒理會再度專注看影片的真貴，我拚命試圖冷靜自己。

「深、深呼吸吧，深呼吸……」

一邊擦拭濕掉的部分，我同時反覆吸氣吐氣。

好不容易冷靜下來後，我再度對這個空間的異狀嘆了一口氣。

「身體姑且不論，我的內心撐得住嗎……？」

突然被送到這個世界來，似乎完全不存在親切的新手教學。

◇

在我一個人方寸大亂之後，全家人若無其事準備就寢。

「真貴，有確實刷牙嗎？」

「嗯，刷過了！」

女兒咧嘴露出牙齒，媽媽露出笑容，摸摸女兒的頭說「真了不起」。

我還是事不關己地注視著這一幕。

然後在午夜之前，上床就寢。

（話說早上起床的時候我沒發現……）

我之前就覺得這張床一個人睡嫌太大。即使伸展手腳躺成大字型都有額外空間，我一直覺得奇怪。

「怎麼了嗎，孩子的爸？你一直在沉思呢。」

被窩中，志野亞貴從超近距離向我開口。

「噢，呃……其實沒有啦。」

怪不得床鋪特別大，因為這是兩人睡的雙人床尺寸。或許看到床上放著兩個枕頭時，我就該發現了。

（其實我以為睡這張床的是真貴。）

結果到了就寢時間，躺上床的不是女兒，而是媽媽。

「今天的真貴玩鬧得特別起勁呢。」

志野亞貴嘻嘻一笑，同時開口。

「是嗎？」

「嗯，孩子的爸在家果然不一樣呢。」

可能工作忙碌，平時的我似乎連放假都曾經不在家。

「抱歉，我平常都在忙……」

「沒關係，畢竟你是為了我們而工作啊。」

總覺得這番對話真是照本宣科啊，我心想。

眼前的志野亞貴真實存在，真貴同樣也是。可是與她們之間的對話有點缺乏現實感，彷彿事先準備好的臺詞。

我想起以前看過的科幻小說。人類已經滅亡，在虛擬空間將幸福時光的記憶植入唯一生存的男性，讓他生活。可是他逐漸發現這個虛假世界的真相，對他人提出疑問，四處大喊。結果世界開始毀滅，傳來創造主感嘆地開口：「果然還是不行嗎……」

然後舞臺變暗，只留下男子一人後消滅。

（好討厭的想像。算了……）

從窗外傳來電車行駛的聲音。聽得出電車行經橫越在多磨川上的鐵橋時，聲音會變大。電車上肯定有許多乘客搭乘，每個人應該都有過去的軌跡。

可是我……目前只記得今天早上剛誕生。雖然隨著掌握情報，未知的事物逐漸減少，但是依然有自己孤獨一人的不安。

難道我會一直這樣下去嗎。或者。

「恭也。」

志野亞貴突然喊我的名字。剛才充滿關懷的聲音中，音調略為帶有幾分深情。

「嗯？」

我一轉頭，她便輕輕在我的脣上一吻。

「啊……嗯……」

面對志野亞貴主動地接吻，我忍不住跟著呻吟。

「嗯……恭也……啾、呼哈……嗯……」

「志野亞貴……嗯、啾……」

與僅僅一次，而且還是出於偶然，或者該說順勢而為的那一次親吻完全不同。是彷彿渴求彼此的接吻。我們反覆親嘴又鬆開，彼此的舌頭還不時交纏。這是屬於相愛男女之間的吻。

當時我和志野亞貴還不是那種關係。雖然我曾經預料彼此會走上那一步，可是應該還需要一段時間。

問題是，我們現在已經在進行親密行為。而且還開了金手指跳過日常場景，以及專屬路線的前半段。

（腦海……逐漸變得一片空白。）

照理說直到昨天還是朋友。現在怎麼會相互接吻呢。

（不過……感到放心呢。）

她的手放在我的胸口。從手心傳來的溫熱，彷彿融化了我心中的不安。

我自然伸手摟住她的身體。身處於無法與他人共享的不安之中，她身上的溫暖清楚讓我感覺到是現實。

我想起剛才見到她裸體的一幕。一想到她的身體就近在眼前，我的心情就更加亢奮。

剛洗好澡的洗髮精香氣，以及略為升溫的體熱十分舒服。讓我身陷於妄想之中，如果直接與世界合而為一，肯定很舒服吧。

「恭也……」

志野亞貴的嘴脣略為鬆開。露出迷濛的視線凝視我。

她輕聲細語地，

「來吧……」

開口後，閉起眼睛主動委身於我。

（等等，這是……）

暖意迅速昇華為火熱。就算我再怎麼遲鈍，到了這一步也應該明白她這幾句話，以及舉止代表什麼意義。

仔細一想，演變至這一步絲毫不意外。

我和她是夫妻。

有床笫之事才有女兒的誕生。現在夫婦之交已經不再特別，而是日常生活的一部分……應該是。

可是我在記憶中尚未與她發生關係。當然會對肌膚之親產生罪惡感，同時也成為我腦中的煞車。

問題是，我身為男性的功能早已可悲地準備就緒。從她身上散發的溫暖與甘甜香氣，正推波助瀾地消除我的罪惡感。

我的心臟跳動得特別快。

怎麼辦，事到如今……真的要上嗎？

「呃，這個……」

煩惱到最後，

「今、今天還是，不要吧……況且明天也要早起。」

我決定選擇推辭。

「是嗎……我知道了。」

很乾脆地點頭同意後，她微微一笑。

「好久沒有聽你喊我志野亞貴了呢。」

「噢……是嗎。」

「呵呵，讓我感到有點懷念。」

她現在的名字應該是橋場亞貴。一下子聽到我稱呼她結婚前的名字，應該會喚醒過去的記憶。

中間究竟有什麼樣的過程呢。是幸福的故事嗎，還是略為苦澀的過去呢。

志野亞貴害羞地一伸舌頭，輕輕一吻我後，

「晚安，孩子的爸。」

說完便面朝天花板，閉上眼睛。

「嗯，晚安……」

我也跟著閉眼睛，臉朝向漆黑的天花板。

感覺電車已經停駛，外頭不再傳來電車的聲音。沒了聲音與畫面，我頓時在發生許多事情的疲勞下，迅速進入夢鄉。

醒來後究竟會是這個世界，還是會跑到不同世界去呢。在進入夢鄉前一刻，我的記憶以此疑問畫上句點。

◇

醒來後，我順利在二〇一八年的世界迎接隔天。

其實我也曾經想過回到二〇〇七年。畢竟回到十年前已經形同脫離了常識。究竟是以什麼條件穿梭時空，既然規則不由我決定，我根本不知道接下來會發生什麼。

「今天多半會發生什麼事吧……」

我的腦袋還一片空白。志野亞貴似乎已經起床，正幫忙準備早餐。客廳傳來真貴嬉鬧的聲響，與電視播放節目的聲音。

「得去公司了。」

我搖了搖頭，趕跑睡意。

從床上起身時，肩膀與腰椎傳來熟悉的痛楚。

「咦，不會吧。」

昨天大概因為緊張而沒有察覺。可能是疲勞引發的肩痛與腰痛逐漸傳遍全身。

從十九歲變成三十歲，其實是理所當然的。但因為回到年輕歲月讓我忘記疼痛，導致我難以釋懷。

「唔……老毛病怎麼也回來了啊，天底下就沒有這麼好的事。」

我依照老習慣，搓揉肩膀與腰間，同時前往客廳。

「啊，是爸爸！早安！」

一開門的瞬間，真貴便跑過來摟住我。

「早安啊。真貴準備好去學校了嗎？」

我一說完，真貴便露出不可思議的表情，

「學校八點才上課，所以還沒喔～」

「真貴最喜歡爸爸了，所以都目送爸爸出門喔。」

從廚房傳來志野亞貴的聲音。

「嗯，對啊！」

真貴也點點頭，緊緊摟住我。

（哇……）

明明是昨天才見面的女孩，卻突然覺得她好可愛。

其實我毫無結婚的實際感受，根本無從產生有女兒的感覺。可是想到這麼可愛的孩子總有一天會結婚離開自己，就彷彿能理解世間父親的辛酸。

（總有一天會無法一起洗澡，衣服也得分開來洗嗎……）

雖然不知道會不會真的這樣，但我覺得打擊也很大。

吃完早餐，換好衣服後，便準備好出門。

「那我出門囉。」

向來到大門目送我的兩人開口後，我穿上鞋子。

「來，便當。」

不只早餐，志野亞貴還幫我準備了便當。配菜十分豐富，與以前只會泡麵的時期相比，簡直判若兩人。

「謝謝。真貴也要注意喔。」

「好～！」

真貴很有活力地蹦蹦跳跳回答。

開門後，我走向電梯所在的大廳。

偶然回頭一瞧，只見兩人走出房門，向我揮揮手。

我跟著面露笑容揮手回應，肯定也有那裡不自然。

◇

走出公寓後，我步行前往車站。

由於事先利用地圖調查過怎麼走，倒是沒有陷入混亂。但是面對第一次見到的景色，我還是心生不安與興趣。

「這裡有一座公園啊。然後穿越這裡是捷徑，往另一側走則是商店街……原來如此。」

以前住在關東的時候，我一直住在埼玉。所以第一次接觸的街景氣氛讓我感到十分新鮮。

車站前的書籍與遊戲複合店擺出許多話題作品與新作。

從網路開始連載的漫畫變得更多了。輕小說也多了沒聽過的標題。戀愛喜劇的比例似乎比以前多得多。

遊戲業界也有大幅變化。我當然不知道陣天堂的新主機這麼熱門，討伐魔物的遊戲出了最新作也讓我很感興趣。

「……老實說，我一直想做這方面的調查呢。」

不過現在以前往公司為最優先。畢竟我連自己是誰都不太清楚，現在可無暇著迷於書籍或遊戲。

即使依依不捨，我依然一瞥書店後趕往車站。

站前林立了更多店家。有從以前開到現在的餐飲店，加上可能是最近蓋好的商業大樓。聽說前幾年重新開發，站前變漂亮了，似乎也讓城鎮的氣氛煥然一新。

如果二〇〇七年來的話，街景肯定與現在完全不一樣。

從居住的公寓略為快步走，六分鐘後抵達了登戶站。

「是這裡嗎。」

登戶站有複數線路交錯，換車的乘客很多，因此站體又大又壯觀。

照理說距離通勤時間還早，卻已經擠滿了上下車的乘客。

「意思是……噢，對喔。」

即使我再糊塗，這時候也發現了。

既然在都心當個上班族，就有幾乎無法躲避的地獄等待著我。

◇

好久沒搭沙丁魚電車，懷念的感覺僅在短暫瞬間，迅速變成痛苦。

「東、東京的電車有這麼擠嗎，唔。」

被乘客擠進急行電車的我，完全動彈不得。在大阪我偶爾也搭過沙丁魚電車，可是東京電車的擁擠等級可不是開玩笑的。

以電話聯絡河瀨川後，我確認口袋與錢包，找到了名片。上頭寫著上班的地點。搭乘小田急線坐到代代木上原站，轉搭千代田線前往明治神宮前站。朝澀谷方向走一段路便來到目的地。

（上班地點的選址很不錯呢。）

同樣是關東，以前的上班地點卻超遠，還是遲交租金的混合大樓，想想真是天壤之別。

但我目前還不清楚自己從事什麼樣的工作。

（即使失去記憶，如果是自己會做的工作倒還好……）

如果要依靠空白的十年學會的技術，那麼在上手之前應該會很辛苦。光是一想到因為喪失記憶而停職，就覺得快虛脫了。

電車比時刻表略晚一點抵達代代木上原站。轉乘的乘客像雪崩一樣湧向一旁的電車。

抵達明治神宮前站，然後走出地鐵站。這一站與原宿站比鄰，四周充滿大學生模樣的人。

「對喔，我已經不是大學生了。」

我以為自己和他們年齡相仿。不過立刻發現到，我在這個世界已經比他們大了十歲以上。

帶著讓人想起年齡的肩痛腰痛，我走在明治通朝澀谷方向前進。

「還得一點一點習慣才行……」

我盯著昨晚安裝，代表性的手遊圖示。

完全習慣翻蓋機的手，必須習慣智慧型手機的操作感與遊戲習慣。而且得盡快。

在我眼前出現一座大型球體紀念碑。是我事先透過網路地圖服務確認過的標記。

「啊，到了。」

嶄新的商業大樓位於馬路旁。

是占了十層樓的一半樓層，開發社交遊戲的公司。

娛樂焦點（Attraction Point）股份有限公司。這裡就是我在這個世界的上班地點。

「櫃檯在五樓……啊，不用去櫃檯，去開發課不就好了。」

按錯電梯按鍵後，我急忙重新按下三樓的樓層鍵。

娛樂焦點在我原本二〇一六年的世界也是知名遊戲公司。記得在翻蓋機時代開發出大作手遊，之後成功拓展至智慧型手機領域，發展成中等規模的公司。雖然沒有上市，但應該也沒有面臨過破產危機。

我似乎在這間公司擔任管理職務。職稱是開發部第三娛樂課開發經理。上頭的橫寫文字完全看不出是做什麼的，但既然是經理，代表還算重要吧。

抵達三樓後，隨即出現以霧面玻璃分隔的高雅辦公室。

「早安……嗚哇！」

刷鑰匙卡進辦公室後，見到與時髦外觀完全不同次元的空間。從無數辦公桌下方傳來鼾聲或痛苦的呻吟聲。「0點之前勿擾」的字樣寫在撕下來的一截紙箱板上，似乎訴說著情況的淒慘。

「照這樣看來，我星期天悠哉放假真的好嗎。」

穿梭在讓我感到不安的地獄中，我前往自己的辦公桌。

開發樓層十分寬廣，辦公桌多達數十張。其中分為幾座區域，以隔板相互隔開。

我隸屬的第三娛樂課位於入口右側。由八張辦公桌排列而成，後方橫放的辦公桌就是我的座位。

「太好了，這裡似乎沒那麼慘。」

自己工作的部門似乎還沒有人來上班。大概也沒有人留在公司過夜。剛才的地獄多半是遊戲即將釋出的小組吧。畢竟是之前常見的光景，我產生一股奇妙的懷念。

總之我先坐在椅子上。

桌上裝飾著志野亞貴與真貴的照片。有家人的話或許理所當然，可是看在我眼裡卻有點怪。

「河瀨川……還沒來嗎。」

即使環顧樓層，也沒發現像是她的人物。

在我打算撥內線電話找她，拿起號碼表的紙張瞬間。

「啊，橋場先生！」

突然有人喊我的名字，我抬起頭來。

年齡大約二十四、五歲。戴眼鏡的年輕女性一見到我便急忙跑過來。中途碰到身體各處的紙箱或文件散落一地，她在「哇！」「真是的！」的責備聲中忙著收拾。

掛在她脖子上的名牌寫著「森下美樹」。這名有些迷糊的女性似乎是森下小姐。

「不好意思，製作人在找您，請您立刻前往大溪地。」

結果她突然語出驚人。

「咦，現在!?飛往大溪地!?」

我驚訝地回答後，森下小姐嘟起臉頰，

「我知道星期一一大早就找您很過意不去！但是現在的情況沒時間開玩笑了，拜託您快點來吧！」

表示抗議，然後再度身體東碰西碰，跑向樓層入口。

「大溪地是什麼意思啊，噢。」

有了頭緒的我，看了一眼內線號碼表。

辦公室比較新的公司經常這樣。不以數字管理會議室名稱，而是採用動物或國名。

一如預料，號碼表上列著大溪地、夏威夷等南方各島嶼名稱。

「……原來如此。」

走樓梯下到二樓後，見到各房間前方貼了寫著會議室名稱的門牌。我從中尋找大溪地。

我敲了敲門，房間內隨即傳出犀利的女性聲音回答。

「請進。」

會議室內坐著剛才的森下小姐，以及身穿西裝，留鮑伯頭的女性。

相較於緊張的森下小姐，另一名女性與其說膽大，更像醞釀出穩如泰山的氣氛。在我的記憶中，認識一名會散發這種氣氛的女性。

髮型讓我一下子沒認出是誰。不過犀利的眼神與端正的容貌，與過去的記憶分毫不差。

「河瀨……川？」

我忍不住喊出名字，鮑伯頭女性便嘆了一口氣，

「抱歉一大早就找你來。因為有些麻煩事。」

說完後，她以手中的文件輕敲桌面整理。

（不過她還是一樣漂亮呢。）

她在念書的時候已經格外漂亮，過了十年依舊沒變。不如說年齡追上原本就成熟的面容後，讓她的美貌看起來更完整。

照理說我和她的年紀相同，但河瀨川顯得更加冷靜，老實說我覺得相形見絀。或許這是從學生時代就持續奮戰的她，在畢業後的十年依然努力不懈吧。

「怎麼了，一直盯著別人的臉瞧？」

我不由得看她的臉看得入神，她對我露出訝異的表情。

「噢，沒什麼。請繼續。」

「是嗎，那我就說囉。」
河瀨川宛如若無其事般，開始從頭說明原委。
早晨的大溪地（會議室）內，響徹清晰的聲音。

◇

在會議室聽完來龍去脈後過了兩小時，我和森下小姐搭乘地鐵。
「真的很不好意思，一下子拜託您這種事。」
坐在身旁的她從剛才就一直嘆氣，同時低頭致歉。
「不用放在心上，只要我做得到就無妨。」
「非常感謝您，河瀨川小姐說得果然沒錯。」
說完，她終於露出鬆了口氣的表情回答。
「河瀨川說了什麼嗎？」
「噢，她說交給橋場先生就可以了，要我放心。我總是不安地慌慌張張，常挨河瀨川小姐一頓罵。」
從她的模樣，多少看得出來。
話說這個世界的我，原來受到河瀨川的全面信賴啊。

「請問橋場先生……和製作人在大學是同窗嗎？」

原來河瀨川是製作人啊。我的確認為她很合適，不過距離創作現場有一段距離，也讓我感到意外。

「對啊，我們以前一起拍攝過影片。」

「哦，意思是曾經關係很好呢。」

「嗯，算是吧……」

當時的情況可能不算「關係很好」。不過我認為和她還算了解彼此，並且相互協助。

「這個……兩位果然曾經……交往過嗎？」

原來她會突然問這種勁爆問題啊！

「完、完全沒有，只是一直當朋友而已。」

「原來是這樣。她和您的夫人也是同窗，我以為兩位交往過。」

「呃，這個……也是啦。」

這麼說來，既然我和大學同學志野亞貴結了婚，也難怪她會認為我和河瀨川有過感情。

既然沒有記憶，我也無法確定。不過……應該沒發生過什麼吧？

車廂的顯示面板出現了池袋的站名。

「下一站要下車吧。」

「啊，沒錯。」

森下小姐點點頭，從座位站起來。我也跟著起身。

因為以前在埼玉的公司工作過，在東京的都市中，我對池袋還算熟悉……理論上。

不過相隔一年來到的東京，我卻沒有多少懷念。可能因為以前那段工作時光很灰暗，但就算扣掉那一部分，我依然沒啥感觸。

只知道是很大的城市。目前的東京在我眼中，還只是這樣的地方。

在池袋站走出地鐵，從西口走到地表。

「在這邊。記得過了公園轉角後直走……」

一邊以手機看地圖，森下小姐依然走錯了好幾次，同時前往目的地。

相較於太陽城和少女路的東口，西口給人強烈的飲料店街印象，與阿宅較為無緣。像我到現在還是有點畏縮。

「啊，我們到了！就是這裡。」

是一棟位於警察署附近，十幾層樓的公寓。

雖然不是塔式公寓，但是結構豪華，看起來十分高級。圍繞在四周的樹木也修剪得十分仔細，就像庭園一樣。

「好厲害，竟然住在這種地方啊。」

「因為她是很受歡迎的繪師……若是我的話，光是房租就足以耗盡我的薪水了。」

面對位於大廳的對講機，森下小姐的動作頓時停下來。

「這個……」

她看似難以啟齒地看著我，

「嗯，接下來就換我吧。」

「不好意思……」

代替完全失去信心的她，我按下對講機。

響起清脆的叮咚聲，不久後，

「來了～」

有些懶洋洋的女性聲音從對講機響起。

「我是之前寄過郵件給您，娛樂焦點的橋場……」

在我問候到一半，

「啊，橋場先生，等您好久了！我現在就開門～」

響起格外親切的聲音，大門跟著靜靜開啟。

「這樣ＯＫ了吧？」

我回頭一瞧森下小姐。

「嘩……橋場先生果然好厲害。」

讚嘆的同時，她露出皺眉的表情。

於是我們先穿過大門，進入公寓內。

「不過您是在哪裡學到這種方法的呢？」

我從頭向感到不可思議的她解釋。

「就算突然按門鈴，對方也多半尚未準備好應門。也有可能因為懶得解釋而假裝不在家吧？」

對於突然造訪的來客，任何人都會懶得理會，或是設法推辭。

「是的，實際上她好幾次都假裝不在。」

森下小姐不悅地繃著臉。

「所以要先寄郵件。利用社群網站確認對方在家後，寄郵件給對方。內容像是：目前在老師的家門前，可以登門拜訪嗎？」

「咦，可是您剛才是三十分鐘前寄信的吧……？」

「因為對方需要各種準備，像是補妝吧？」

森下小姐這才恍然大悟。

「所以要先寄信，讓對方準備就緒更做好心理準備。還要帶有『我們沒有生氣』

的氛圍。光是這樣就能大幅提升見到面的機率。」

一臉佩服的森下小姐點點頭。

雖然不保證百分之百，但如果發現對方有內疚或自卑之意，重點在於主動向對方表示「我們沒有敵意」。

「真的好厲害。難道您以前當過偵探嗎？」

「不，完全沒有。只是普通的總監而已。」

……即使在美少女遊戲業界，也發生過好幾次工作人員落跑或失聯的情況。我自然而然也習慣了這種方法。

不過可以的話，我真不希望獲得這種知識。我是真心的。

「話說幸好靠這點手段就解決了。」

「這點手段……是什麼意思？」

「雖然不至於犯法，但我以前用過更狠的手段……」

聽到我平靜地敘述，森下小姐嚇得發抖。

像是確認電表有沒有轉動，以檢查對方是否在家。或是從附近的芳鄰餐廳展開地毯式調查……回想起來，還真的是偵探呢。

◇

搭電梯到頂樓後，我再度按下房門的對講機。
「來了，稍等一下喔～」
隨著對講機擴音器發出的聲音，從後方傳來急促的腳步聲，
「讓您久等了！」
走出房間的是一名二十二、三歲，可能更年輕的女孩。五月份卻穿得格外輕薄，紅色吊帶背心搭配短裙，打扮得相當養眼。
頭髮漂染成金色，手指上戴著銀飾品，最近我在身邊完全沒看過這種類型的人。
我對她的打扮投以驚訝的視線後，
「歡迎光臨，橋場先生……咦？」
她一臉笑咪咪，喊我的名字，
「啊……森下小姐，也來了嗎？」
然後露出尷尬的表情，別過視線。
「……御法老師，好久不見了。不過我這個星期一直往您的住處跑呢。」
宛如從地獄底部發出的聲響，在門前響起。
「哈……哈哈哈，沒有啦，這個……」

即使外表誇張，當紅插畫師御法彩花依然一邊抓頭，同時神情非常慚愧地低頭致歉。

御法彩花，本名齋川美乃梨。是跟隨者超過二十萬的超人氣插畫師。她原本負責美少女遊戲的原畫與輕小說的插圖。但從三年前負責的手遊角色爆紅後，藉由動畫化的契機一口氣晉升為主流繪師……似乎如此。

我剛才在會議室第一次聽到這些資訊。因為她不存在於我原本身處的世界。不，可能早就存在了，但至少我沒有發現。

既然跟隨者高達二十萬，我應該至少聽過名字或是看過一兩張畫。既然完全沒有，代表她原本沒有這麼出名吧。

可是她在這個世界卻非常有名。

大概是世界線在哪裡產生了變動……發展成現在這樣。

「沒有啦，我真的沒有惡意，真的。」

在帶領下進入房間後，我和森下小姐進入拚命聽她解釋的階段。

沒有人碰我們帶來當伴手禮的馬卡龍，以及彩花準備的紅茶。我們僅在乾淨整潔的會客沙發上面對面，彼此不斷交談。

「因為啊，難免會有提不起勁工作的時候啊。有時候不管怎麼畫線，最後還是畫出一團糟的圖嘛。」

與第一眼印象不太好的外貌相反，御法彩花其實相當直率。根據資料，她的個性和藹可親，畫插圖的直播也相當受歡迎，聊天活動也相當吸引觀眾，是知名插畫師。

在娛樂焦點有好幾個製作組同時運作，其中一部作品就由御法彩花負責主要角色設計。藉由任用當代頂尖的人氣插畫師，遊戲從一開始就備受矚目，但是卻馬上出現代價。

就是她作畫的速度相當慢。

進公司第三年的森下美樹，就被這一點整得團團轉而精疲力竭。走投無路下她找上司河瀨川商量，然後麻煩交棒到我的手上……這就是原委。

沒錯，今天的任務——就是聯絡御法彩花，運氣好的話督促她工作。

「然後啊？一旦陷入低潮，就會什麼都不想做，也不想跟任何人說話。明白嗎？可以體諒嗎？」

面對一口氣滔滔不絕的彩花，森下小姐的反應是，

「我明白。我知道插畫師有時候會陷入低潮，也可以理解。」

「是嗎，那就好——」

「可是！」

森下小姐加強了語氣。

「既然這樣，拜託說句話也好，至少也該聯絡一下吧——！整整一星期電話打不通，按門鈴也沒反應，這樣根本無法擬定對策啊，我都快急得胃穿孔了耶！」

這段血淚控訴彷彿發自內心的呼喊。

「對、對啦……抱、抱歉喔。」

彩花想盡辦法，試圖打圓場。

「嗚嗚～……」

森下小姐則依然瞪著彩花。雖然我明白她的心情。

不論怎麼解釋，她假裝不在故意失聯都有錯。只能訴求職業的特殊性辯解。

但既然森下小姐已經搶先說出，她也只能拚命道歉。如果還要找其他理由強辯，就變成硬拗了。

森下小姐吁了一口氣後，

「我知道了。既然老師也覺得過意不去，今天就先到此為止吧。等老師有了幹勁再討論……」

眼見有救命稻草可抓，彩花也不停點頭。

「對、對啊，下次再說吧。下次我一定會連絡的。」

「拜託老師喔?那就稍微討論一下採訪的事情……」

森下小姐以手機啟動行事曆，開始確認在ＰＳ平臺推出與網路媒體採訪的相關細節。

我的責任是從開門到進入室內。之後的部分與其交給不清楚情況的我，由整體企劃負責人森下小姐出面比較好。

不干預多餘的事情。我原本是這麼想的……

「……老師。」

不過我卻對彩花有疑問。

我一邊看著之前的工作進度相關資料，同時開口。

「原本預定在二月底提交新角色與設計，可是現在已經過了黃金週。這還是第一次需要耗費這麼多時間吧。」

彩花的臉上露出驚訝的反應。

「呃，這個，橋場先生……？」

森下小姐露出困惑的表情，但我沒理會她，繼續開口。

「之前的工作進度還算平穩，可是到了製作新角色的時候，卻明顯停下了畫筆。這似乎不只是單純的時間問題……想請問老師怎麼了嗎。」

我露出認真的表情與彩花相互凝視。剛才輕鬆的對談頓時消失無蹤，現場籠罩在緊繃的氣氛中。

也許我不該說這番話。今天就到此為止，改天再議，或許這樣比較好。

可是我認為，如果現在對這個問題置之不理很危險。畢竟她之前上演過失聯戲碼。她現在看起來態度很正常，但可能只是她在拚命演戲也說不定。

所以如果想取得進展，就有必要仔細打聽。

「唔……」彩花顯得難以啟齒地皺起眉頭，不久後宛如下定決心般吸了一口氣，帶有幾分苦笑表示：「果然還是瞞不過橋場先生呢。」

然後喃喃自語嘀咕。

「因為……我已經沒有想畫的事物了。」

聽得森下小姐一臉驚訝問道：「咦，這，該不會……老師要放棄畫畫嗎？」

「我也開始考慮這種可能性了。」

「您、您看，還是有目標啊。例如改編動畫，改編成舞臺劇之類。這次的遊戲眼看也有機會改編成電影了，所以──」

「不是全部都達成了嗎。」

感覺已經用盡手段了。

「老、老師您有許多粉絲。難道就不能為了這些粉絲而繼續畫嗎？」

我以為這是非常正當的勸說理由。

可是彩花卻表示，

「我當然很感謝粉絲，可是這和想繪畫的心情是兩回事。」

「怎麼會……」

「與其說喪失幹勁，應該說不知道該看什麼畫畫。」

說著彩花笑了笑。可是她的笑容看起來好落寞。

「我試著面對桌子，握著觸控筆，看向畫面，看向天花板。或是閉起眼睛再睜開，改以筆繪作畫，嘗試過各種方法……但是通通失敗了。」

聽得森下小姐不敢繼續開口，她大概也沒想到情況會如此嚴重吧。

我則相對冷靜。因為我在原本的世界，就經常聽過頂級創作人們的孤獨。如果有勁敵或視為對手的人，就能琢磨砥礪，鼓起幹勁。可是自己一站在頂點的瞬間就燃燒殆盡，不知道接下來該做什麼。

不過我的冷靜不代表我有解決方法。充其量只是情況還在自己預料範圍內。

（希望能盡可能找到一絲突破的機會。）

好不容易約到對方，也成功對談。如果始終維持難過的結局，森下小姐和彩花應該都難以釋懷吧。

愈是這種時候，自己更應該設法打破僵局。

總之，我環顧室內一番。

房子格局為３ＬＤＫ，空間相當充裕。

牆面與家具全部以白色為基礎。她的個性可能比較一絲不苟，地板與櫥櫃附近都整理得很乾淨。

後方是工作區。放置透寫臺與一串色筆的桌子，與放置大型液晶平板的桌子並排在一起。或許她也會用筆繪工作。

我不經意望向平板的畫面。

「咦，這張畫。」

隨後我站起身，走近液晶平板。

「等等，那張圖我才畫到一半，覺得很難為情，還沒讓任何人……」

即使彩花阻止，我依然不以為意，正面端詳畫面。

「這是……」

是帶有風景的一張插圖。

背景是一整片芒草，其中有一名穿著連身洋裝，披著毛外套的女孩害羞地面對畫面。略呈背光的太陽與籠罩整體的橘色十分漂亮，水彩風格的上色也非常契合插圖。

從公司來這裡之前，我已經確認過彩花以前畫的代表性插圖。不過裡面任何一張都不像眼前的插圖。

「畫得真好。」

「咦？」

聽到我的稱讚，彩花露出驚訝的表情。

「這張畫非常棒。雖然似乎與過去的畫風不一樣，不過卻十分吻合，彷彿從以前就習慣這種風格。畫的內容與筆觸都極為契合，老實說，我相當震撼呢。」

這不是恭維，而是發自內心的讚美。

由於繪畫不是我的正職，沒辦法提供技術性的感想，像是色彩設計或草稿如何。不過毫無疑問，這幅畫的力量足以將人拉進畫中世界。

而且我好像在哪裡看過這張畫，不，看過氛圍非常接近的畫。雖然我想不起來在哪裡看過。

彩花從驚訝的表情轉為喜形於色。

「哇～我真是太開心了！真的嗎？橋場先生您真的喜歡這幅畫嗎？」

「嗯，非常喜歡。」

「太棒了！這張圖是以我正式開始畫畫時的筆觸繪製的。因為我十分迷惘，所以基於回歸原點的意義來畫。」

原來如此，難怪與以前的色調不一樣。

「這種筆觸是我以前嚮往的繪師。以前我真的非常喜歡那一位。」

說著，彩花的眼神一瞬間彷彿幼童般閃閃發光。

看來對方是她相當憧憬的對象。

「之後可以給我這張插圖的檔案嗎？」

「當然！完成之後，我會第一個寄給橋場先生您的！」

彩花宛如要跳起來般喜上眉梢，

「我或許產生了一點幹勁喔！」

然後轉身面向森下小姐，很有精神地宣告。

「咦，真、真的嗎，老師！」

「這個～雖然不是立刻恢復，但我有種想積極嘗試的感覺……吧。半途而廢也不行，來安排下一次的討論時間吧。」

「我、我知道了！請、請稍等一下，我拿筆記本出來。」

森下小姐從包包中抽出筆記本，氣勢幾乎要撕破本子般開始翻頁。

我偷偷瞧了一眼彩花的表情。

彷彿懷念往事，又彷彿遙望遠方般的表情，一直烙印在我的眼中。

◇

「真的——太感謝橋場先生您了！」

回程的電車上，森下小姐基於與去程不同的原因，不停向我鞠躬致謝。

「似乎沒辦法讓她立刻完工，這樣行嗎？」

「沒關係，之前老師總是提出模糊不清的目標。光是訂下確定的日期就已經是很大的進步了。」

一想到她之前究竟怎麼和對方交涉的，我就覺得頭痛。

團體製作的過程中，最害怕的就是看不到盡頭的拖延。因為即使是大幅延後，但只要知道期限，就比較容易擬定對策。

以這一點而言，或許的確算是進步。

「老師畫的圖真的很棒，可是缺乏幹勁時就完全畫不出來呢……」

森下小姐一臉憔悴地嘀咕。

「她的畫的確很漂亮。」

不論是去程電車或是在她住處現場，她畫的插圖樣品的確全都十分精美，全都散發大咖繪師的氣場。

如此一來，我愈來愈好奇為何在原本的二〇一六年，居然完全不知道她。

（問題大概在於時間點吧。）

即使畫得非常棒，也有許多畫師因為選擇題材或工作的受矚目程度等原因，始終沒有出名。

「多虧您的幫忙，下一次的行程也決定了，收穫豐碩呢。」

「對啊，暫時是解決了……吧。」

回答的同時，有一件事情我始終很在意。

看得出來不論河瀨川或森下小姐，都將我當成與彩花的交涉籌碼。如果不是因為某種關係，怎麼可能這樣看待我。

而且按下對講機時，彩花的反應也看得出端倪。很明顯在她的眼中，我已經是「熟識的對象」。

中間究竟有什麼原委呢。

「話說那女孩，以前和我是不是在工作等方面……」

我才剛開口，森下小姐的電話便響起。

「啊，抱歉。公司打電話來……您好？啊，社長！」

「社長……？」

考慮到打電話的對象，這個話題多半得暫時延後。

「是的，是的，沒錯。橋場先生……是的，暫時提到了預定行程，所以……目前在回公司的路上，是的，您辛苦了。」

一如預料，電話講很久，導致我錯失時機詢問自己與彩花有何關係。

◇

剛抵達公司，森下小姐就深深嘆了一口氣。

「話說，橋場先生。」

「嗯？」

「或許社長會唸東唸西，不過您別太放在心上。」

難道與剛才通話的內容有關嗎。

「咦，難道不只報告而已？有什麼麻煩事嗎？」

「是沒有，不過社長對橋場先生期待過度了。」

不明所以的我歪頭疑惑。

「不過放心吧。不論社長說什麼，我都不會放在心……」

一打開開發室的門，就傳來嗓門洪亮的聲音迎接我和森下小姐。

「橋場老弟！這樣不行啊，怎麼不像之前一樣說服她，直到她願意畫為止呢！」

然後有人突然摟住我的肩膀，前後晃動。

「咦，呃。」

「因為交給你幾乎都能搞定，與創作者相關的麻煩才總是拜託你出面耶？拜託嘛！」

對方留著及肩的長髮，襯衫略為敞開胸口。雖然還披著一件外套，卻呈現刺眼的大紅色。

總之十分輕浮，嗓門也特別大。這好像叫做起鬨系。從他身上完全感覺不到沉著或穩重。

（……他就是社長嗎。）

森下小姐一臉錯愕地嘆了口氣。環顧四周後我發現，開發小組的成員也露出冷淡的眼神窺視我們的動靜。

「可是社長，剛才在電話也告訴過您，多虧橋場先生幫忙，下次預定行程……」

打圓場的森下小姐幫我緩頰，

「可是還沒拿到新角色的人設吧？這樣根本無法立刻採取補救措施啊！」

但似乎沒什麼效果。

「所以說，要想辦法盡快拿到人設！那項企劃要是少了御法彩花，根本無法進行下去啊！」

一股腦交代完後，社長便離開了開發室。

之後現場只剩下嘆氣與輕微的苦笑。從這種情況來看，這項企劃的前途似乎不太樂觀。

社長離去後，我前往河瀨川的座位向她報告。

我一向她開口，她便停下輸入鍵盤的手，轉頭望向我。

「抱歉，難得拜託你出面解決麻煩，卻害你挨了罵。」

然後突然向我道歉。

「我沒有放在心上。反正我已經習慣應付那種人了。」

回想起來，以前在製作美少女遊戲的時代，那種類型的上司也不少。還有更不講理的人，現在這位社長還算好的。

「別看他那樣，在手遊爆款之前，他似乎還算可靠。似乎因為賺大錢而彷彿變了一個人。」

河瀨川嘆了一口氣。

「若是以前的話，我就當場反駁社長了。可是我做不到。果然還是上了年紀嗎。」

然後她說出出乎意料的話。

「沒這回事，這樣一點也不像妳。」

「也只有你會對我說這種話。」

苦笑的同時，她的視線再度回到電腦上。

「我已經聽森下報告過了，謝謝你。」

她似乎已經收到報告情況的郵件。代表她也掌握了御法彩花的現狀，以及今後的預定行程。

「……不過似乎還要花一些時間呢。」

「沒關係。在這件事情上已經是很大的進步了。」

從她的表情似乎看得出一絲疲勞。想到我上班時在開發室看到的情況，她應該也硬撐很久了。

我離開河瀨川的座位，回到自己的座位上。中途我思索了許多事。

除了彩花以外，我還看到許多人需要幫助。可是我根本不知道該做什麼，胡亂行動只會讓人懷疑。

（總之得先掌握現況，否則什麼都無法著手。）

回到自己的座位後，我啟動宛如別人的電腦。

第一眼見到的是在瀏覽器上跳動的行事曆服務。

「若是我的話，肯定寫在這裡……找到了。」

一如預料。行事曆旁顯示了待辦事項一覽表，上頭依照日期列出了必須完成的工作。

只要曾經在社會上工作，就很容易找回這種感覺。

「幾乎只有與外部協商，或是確認等相關工作。好……」

目前似乎不需要什麼特殊技術。

眼下的工作大概只要搞定手邊的事情就沒問題。

「那就看看實際的工作吧。」

陌生標題與神祕檔案堆積如山。

一想到要一一檢視，就覺得在著手之前多半會洩氣。

「唔……」

肯定有很多我必須立刻記住的企劃書或設定。

更重要的是，許多必須知道的前提，像是公司的結構與體系概要也多的不得了。

得想辦法降低工程量才行。

可是我目前想不到確實的方法。

「這個，橋場先生。」

森下小姐結束辦公桌工作後，來到我的座位旁低頭致謝。

「今天真的非常感謝您。所以我想報答您，有沒有什麼我做得到的……」

我打斷說到一半的她，

「那麼現在可以嗎？」

「是、是嗎。」

聽到我突然提出要求，森下小姐感到驚訝。取得她的同意後，我立刻預約了一間小會議室。

◇

「其實上個週末，我發生了一點小麻煩。」

一進入會議室，我就小聲告訴森下小姐。

「我和家人出門去，結果我有點太開心了，頭用力撞上了樹木。」

「咦!?那、那您沒事吧？」

森下小姐相當關心我，顯得坐立難安。

……推說自己遭遇意外是不是不太好呢。總之繼續說下去吧。

「然後我去看醫生，結果是沒有外傷也沒有內出血。」

「那、那真的太好了。」

聽完她露出鬆口氣的表情。她的表情十分多變，真是有趣呢。

「不過接下來才傷腦筋。」

「呃，怎麼了嗎。」

這次她露出困惑的表情。

「我暫時喪失了記憶，甚至影響到工作。」

「怎、怎麼會！這不是很嚴重嗎……！」

只見她一臉世界末日的表情。

「不可以告訴任何人，當然也包括河瀨川。」

「好、好的！我不說！」

她在這個世界似乎相當信賴我呢……

「醫生說過一段時間就會復原。但即使是工作必須的記憶也好，我希望能恢復。

因此我需要森下小姐妳的力量。」

「我、我的力量嗎！」

「嗯，接下來我會問妳各種問題，希望妳告訴我自己知道的內容。主要是我在公司內的大小事。」

森下小姐用力點點頭，

「知道了！我會努力想起來的！」

強而有力地向我宣告。她真是好人。

雖然我的藉口漏洞百出，總之前提夠充分了。

「首先是我在公司內的地位……」

我詢問自己怎麼進入這間公司。看來我不是大學畢業就進入，而是轉職來的。

大約三年前跳槽過來，職稱是總監。關於前一份工作，我似乎說過是同行的其他公司，但是詳情不明。

「聽說您以前在美少女遊戲公司工作，不過抱歉，那些事情我不記得。」

我猜大概是相同體系吧。

「等妳想起來再告訴我。接著繼續說吧。」

第三娛樂課是公司的當紅部門，負責開發手遊。體制是以數人為一組，四支小組中，我擔任的是名為「橋場組」的B組。

「橋場先生小組的特點是效率優良。好像擅長在不太緊湊的行程表下，經常推出獲益穩定的作品。」

在尚可的及格分數下，賺取中等收入。

感覺很有我的風格。

「所以河瀨川是部門的代表嗎。」

她是第三娛樂課的課長，同時兼任最大的A組組長。

目前她擔任即將釋出的大型手遊製作人，同時還要兼顧A、B、C、D四支小組的開發情況。

「真忙碌啊。」

我坦率地說出感想後，

「對啊。老實說，我有點擔心她……」

森下小姐也率直地點頭同意。

河瀨川比我更早進入這間公司。

聽說她還是一樣能力出眾，順地出人頭地，

「但是她經手的工作實在太多了，明顯看得出疲態。」

擔任她直屬助手的森下小姐非常擔心這一點。

「結果這時候還與彩花小姐的問題撞在一起。我心想不能再讓河瀨川小姐費心，才會提議由我主動向您求助。」

考慮到河瀨川以前的個性，她肯定想避免拜託我。可是她依然接受了這項提議，代表進度肯定已經火燒眉毛了。

「我知道了，謝謝妳。之後可能還要找妳商量，再麻煩妳了。」

「不會，不敢當！那麼我先失陪了。」

然後森下小姐和今天早上一樣，身體東碰西碰地回到開發室。

總之成功掌握了現況。至於接下來要怎麼做，就靠我的判斷。

「也想知道自己的私事呢……」

自己的家人照片裝飾在桌面上，看起來就像陌生人。

由於私事無法問他人，要查明應該相當困難。

◇

過了傍晚六點，我已經在回家的電車上搖晃。

主要原因是自己小組的開發進度還在準備階段。等到進入後期階段，肯定會瀰漫睡公司也在所不惜的氣氛。

不過幸好，自己還有相對自由的時間。可以抽出手來，趁空閒時間調查自己不知道的事。

（閃耀時光的漫畫推出手遊，是嗎……這部動畫在去年春季播映時有這麼紅嗎？）

實在太感興趣的我，連無關的資訊都看得入神。

關於這一點，環境比十年前方便太多了。絕大多數事情都可以靠智慧型手機解決。以年分對照歌谷搜尋或其他服務，就能片段地追蹤自己做過什麼事。

至於最近曾經交流的對象，只要看ＲＩＮＥ的紀錄就一目瞭然。工作與個人檔案則確認 Dropllebox 即可。

我再一次體會到，這十年自己的相關資訊幾乎都轉移到雲端上了。

提到ＲＩＮＥ紀錄，印象最深的就是與基友聊天的話題，幾乎都變成身體健康與孩子。

以前聊的不是遊戲、輕小說或動畫，不然就是誰與誰在交往。結果現在的紀錄滿是推薦的復健中心，或是在吃什麼藥，實在很淒涼。

（……越看越難過，還是算了。）

我調整心情，決定透過瀏覽器看動畫資訊的網站。

（那麼下一個群組是……嗚哇！）

正當我在搜尋欄位打字時，大批乘客湧入車廂，讓我根本無暇輸入。

「通勤……也該想想辦法了吧。」

唯有這一點，眼看過了快十年，似乎始終沒有改善的跡象。

即使回到自己家裡，我依然持續調查。

在一年多一點的時間內，依然發生了許多事情。像是直播類的串流服務有飛躍性的進步。此外搶先炒作話題的虛擬貨幣，已經流行到衍生出社會問題。

這麼短的時間就足以變得像浦島太郎一樣。如果將二〇〇七年的某人帶到現在來，他多半會覺得整個世界都變得不認識了吧。

從自身定位到其他方面，很多人都都有翻天覆地的變化。有人以發展為名轉換工作跑道，也有人突然冒出來，從事不得了的工作。

不過美少女遊戲類的工作，變化幅度特別讓我驚訝。因為以前理論上是小眾領域的製作者們，這十年內在大眾眼中曝光的程度十分驚人。

「哇塞，鬼窟街的作者負責寫魔法少女動畫的劇本耶。對，由向陽速描的作者擔任人設耶哇塞——」

這段話以火川的聲音播放。反正他的驚訝程度肯定不止於此。

實驗性作品的發布會場以前是美少女遊戲的主戰場。現在則改為免費遊戲或手遊，或是轉移到爭氣平臺這種下載販售的網站。而且製作人不只有日本人，還有不少海外發售的作品。

一言以蔽之，世界變得更寬廣。而且寬廣到無垠無際。

我繼續專注地多方搜尋。

「孩子的爸。」

我頓時回過神來，望向聲音的方向。

面前是噘起嘴表示不滿的志野亞貴，以及露出相同表情模仿的真貴。

「不是說過吃飯的時候禁止滑手機嗎。不行喔？」

「不行喔～」

「啊，抱歉。」

不小心搜尋得太專注了。於是我關掉手機電源，放在伸手拿不到的位置。

「來，真貴，用手捧好再吃吧。」

「好～」

我偶然環顧四周，發現一切都充滿了幸福的元素。

一開始心中充滿了不對勁。可是逐漸習慣後，我開始覺得這樣的生活也不錯。畢竟在這裡，自己最愛的人就在身邊，還有穩定的工作。肯定不會是壞事。

正因如此，我更希望盡早了解這個世界。我想放下心中的大石。

「工作很辛苦嗎？」

「嗯，企劃有些東西需要查資料。」

「呣……是這樣啊。」

我當然不能說我失去了自己生活的記憶，正在不停搜尋，所以含糊地回答志野亞貴。

電視上正在播報東京奧運會的相關新聞。由於接近開幕，報導的次數似乎也增加了。

「剩下兩年了呢。Comic Mart的工作人員多半會很辛苦呢。」

志野亞貴嘀咕。

「對了，志野亞貴，妳報名了夏季ComiMart嗎？」

我原本想隨口聊些日常瑣事。

對我而言，志野亞貴和畫圖基本可以畫上等號，我絲毫沒有想過兩者有什麼差別。

照理來說，這個問題非常自然，感覺就像「接下來晚餐要吃什麼」。

既然這個世界存在志野亞貴，當然也存在秋島志野。我一直相信她已經畫出許多畫，這種現實是存在的。

——所以，

「孩子的爸，恭也……你在說什麼呢？」

表情困惑的志野亞貴開口，

「我不是在好幾年前就放棄畫畫了嗎。」

而我卻絲毫無法理解這句衝擊性十足的話。

「咦……」

我忍不住從座位站起來。

「什……什麼!?」

志野亞貴同樣露出驚訝的表情，盯著滿臉驚訝地質問的我。

「怎、怎麼會……!」

她保持沉默。表情逐漸變得柔和，然後帶有幾分寂寞。

只見她反覆眨眼睛。溫柔撫摸身旁感到不解，歪著頭的真貴頭頂，然後，

「因為我已經……沒有任何想畫的事物了。」

宛如常掛在嘴邊般，對我說出寂寞到難以想像的一句話。

電視上照樣在播報奧運的話題。五月份要特別舉辦的 ComiMart 也當成相關話題討論。列舉繪師繪製的各式各樣插圖中，照理說該有志野亞貴的畫……卻連個影子都看不到。

「因為我沒有……想畫的事物。」

我無力地頹坐在椅子上。甚至無力回應擔憂地盯著我瞧的志野亞貴，只能質疑一切。

照理說十分溫暖的世界，彷彿急遽變的冰冷。

第二章　「原來是這樣啊」

二〇一八年的一星期轉眼即逝。

現在我理所當然地前往公司上班，也老實接受與家人一起過日子。另外也記住了最靠近的車站有什麼店家，碰上電車停駛時，也能自然地選擇不同的上班路線。

「恭也……過來吧。」

我依照他的要求，身體靠向志野亞貴。她很自然地張開雙手，緊緊摟住我的身體包容我。

「啾、啾……嗯……恭也……」

「嗯、嗯嗯……」

可是一到夜晚，我心中的不安與恐懼就頓時增加。

即使晚上進入被窩，我也很難入睡。

我突然得知她的祕密。對我而言，足以造成相當大的負面衝擊與煩惱。

而且諷刺的是，引導睡不著的我進入溫柔夢鄉的她，就是我煩惱的根源。

「恭也，再抱緊我一點。」

她在我耳邊輕語。聲音甜美又溫柔。

可是聲音的源頭，她最重要的事物，有可能就是我奪走的。

「嗯……」

偏偏對於在這個世界孤零零的我，她幾乎是唯一的救贖，也是療癒。

「嗯……恭也、恭也……」

她心愛地呼喚我的名字。

「志野亞貴……」

我也呼喚鍾愛的她。

這不是什麼不正經的舉動，只是肌膚之親，夫婦之情罷了。

可是我心中始終殘留強烈的罪惡感。

「欸，今天……也不要嗎？」

志野亞貴露出迷茫的眼神問我。

她的嘴唇略為張開。不愧擁有傲人胸懷，在身體本能驅使下，我現在好想不管三七二十一與她共度良宵。

……可是我實在沒辦法。

「嗯，光是這樣……我就感到非常心平氣和，而且療癒。」

我撫摸志野亞貴比以前略為豐腴，而且柔和的後背。傳遞至指尖的熱量，彷彿撫慰了在我身體中湧現的寒冷與悲傷。

「如果恭也覺得這樣就ＯＫ，那我就夠了。」

志野亞貴的手繞向我的後腦勺。

然後將我的臉摟到自己的胸前。

「嗯……志野亞貴……」

剛洗好澡的甘甜香氣與溫暖，深深沁入她的身體。我的腦袋急速融化，感覺思考能力一下子變弱了。

「在煩惱什麼事嗎？」

後腦勺在她溫柔撫摸下，我差一點跟著坦承一切。

「嗯……工作上有些事情。」

在最後一刻我緊急剎車，迅速說了個謊。

「是啊……畢竟你一直很忙碌嘛。」

即使對於這個世界的我，工作肯定也占了生活的大半部分。有煩惱是理所當然的，這麼說來我既算是說了謊，又可以說不是。

可是對現在的我而言，有比工作更深刻的煩惱。

「不用擔心。現在這一刻，只要像這樣別動就好……」

每一次志野亞貴的手溫柔撫摸，我就難為情地從喉嚨發出含糊不清，像是「嗯……」或「啊……」的呻吟。

她的溫暖與柔軟平息了我湧上心頭的不安與恐懼。

其實我明明沒有資格接受她的撫慰。

但我卻難以抗拒她的溫柔。

「話說，志野亞貴……」

我忽然開口。

「嗯…什麼事？」

她柔和的聲音從我的頭頂上響起。

「呃……」

我好想問她。她為何放棄畫畫，究竟基於什麼樣的心情放棄。

這是我的錯嗎，還是某些無可奈何的原因。

可是我當然開不了口。當時她露出非常寂寞的表情，說自己已經放棄了畫畫。我實在不好意思讓她再露出當時的寂寞表情。

況且就算原因出在我身上，她肯定也會隱瞞事實。即使聽到她說是她自己的問題，我肯定也無法相信。

事過境遷，真相究竟是什麼，除了從過去銜接至今的情報以外沒有其他線索。

「……抱歉，沒什麼。」

我將頭深深埋在她的胸口。甜美的觸感逐漸籠罩罪孽深重的我。

「是嗎……」

她也不再進一步追問。

宛如平時就一直這麼做。彷彿已經習慣照顧欲言又止，膽怯懦弱的我。

我始終不知道自己犯了什麼錯，也不知道該如何補償，僅僅沉迷於她的溫柔中。

◇

自從我來到這裡，到了第二個星期日。

「欸～爸爸，來玩吧，好嗎～？」

我在客廳躺著休息，獨生女拉了拉我的衣襬，央求我陪她玩。房間另一端則是邊哼著歌邊清洗餐具的志野亞貴。今天就和一星期前我來到這裡時一樣，是春季與初夏之間的溫暖日子。

「嗯？拜託～現在讓爸爸休息一下……」

因為晚上沒有睡得很熟，六日經常懶懶散散地度過。以前上班的時候，周末純粹只是用來打電動與睡覺的。

可是我現在的環境可沒這麼輕鬆。我有責任，也有最重要的對象。

「真貴，爸爸很累了，不要太勉強爸爸喔。」

志野亞貴委婉地提醒真貴。真感謝她關心我，因為我現在真的連動都不想動。

「嗨～好無聊喔～」

結果真貴似乎不滿，像敲大鼓一樣拍打一旁的桌子。然後立刻抓起放在一旁的布偶熊，

「哼！」

有如發洩不滿般，狠狠甩向牆壁。

隨著沉悶的『噗』一聲，布偶撞上牆壁，掉落在地上。

就在這一瞬間。

「不乖喔，真貴！怎麼可以這樣！」

從志野亞貴口中發出尖銳的喊聲。在我的記憶中，從未聽過她這樣喊。

真貴（與我）嚇了一跳。

「來，向布偶道歉！」

然後她從地上撿起布偶，伸到真貴的面前，再度以尖銳的聲音斥責。

「對……對不起……」

真貴聲音顫抖，看著志野亞貴與布偶後，老實地小聲道歉。

志野亞貴輕聲嘆了口氣，然後蹲在真貴面前。

「知道嗎，真貴。」

她已經恢復平時溫柔的聲音。

「不論是布偶還是任何創造出來的事物，都有神明住在裡面喔。」

「神明？」

真貴目不轉睛地注視志野亞貴。

「沒錯。神明都非常珍惜這些創造的事物。如果妳亂丟的話，神明會怎麼想呢？」

面對志野亞貴的問題，真貴一臉沮喪，

「……會感到疼痛，或是覺得難過。」

「沒錯。所以要溫柔地對待事物才行。知道了嗎？」

然後真貴點頭同意。志野亞貴溫柔地撫摸她的頭。

（志野亞貴……）

在我面前的女性毫無疑問是志野亞貴。出生在福岡縣西部，和我同一間大學畢業。而且可能和我共處了很長一段時間。

但她的確有許多地方與大學時期的志野亞貴不一樣。對於人造物的敬意，以及平時婉約的氣氛倒是沒變。不過可以隱約窺見，她的心中明顯對曾經下定的決心感到寂寞。

志野亞貴竟然會放棄畫畫。

明明透過畫畫，志野亞貴才找到屬於自己的價值。

以前她親口這麼說過，現在的她卻已經拋棄了自己的特質。而且原因還是「沒有想畫的事物」，某種意義上最殘酷，也最難解決。

這個世界究竟是現實還是幻想，我缺乏實際的感覺。但諷刺的是，給予我現實感的竟然是我當年卑鄙地開金手指所引發的蝴蝶效應。

她封筆的原因有可能，不，肯定包含我一份，以及我當年的行為。

可是我什麼也辦不到。只能和如今已經封筆的她共度日常。

我根本不敢開口，讓她再度拿起筆畫畫。

因為決定封筆時的她，感覺肯定就像切除身上的一部分。

這是溫暖的日常。

可是過去的我們不存在於此地。

而原因肯定是……

◇

「早安，橋場。」

隔天星期一早上，從公司最近的車站走出地表時，有人向我打招呼。

「早啊，河瀨川。」

身穿西裝的她來到我身旁。

從頭到腳都十分整齊，絲毫沒有破綻。她從以前就很注重穿著打扮，出了社會後似乎更加強化。

「妳今天正常上班呢。」

我向她開口後，她搖了搖頭回答「哪有」。

「昨天因為一直忙到深夜，只是回去換衣服與洗澡而已。湊巧撞到早上的上班時間。」

「是嗎……真是辛苦啊。」

公司附近有一間二十四小時營業的都心型超級公共澡堂。在這附近工作的業界相關人士幾乎都去過，相當珍貴。

自從遊戲開發進度開始繁忙，河瀨川就經常光顧那座超級公共澡堂，堪稱常客。深夜經常可以見到剛泡過澡，一身輕裝的河瀨川，但她如果知道我在觀察她，肯定會心生厭惡。

話雖如此，她目前正處於水深火熱中。

……仔細想想，她根本不可能好好回家休息。是我有欠思慮。

「反、反正難得回家泡澡，應該可以放鬆吧。」

「這個啊，我本來以為偶爾在家泡澡也不錯。可是太晚就得避免吵到鄰居，超級公共澡堂反而比較輕鬆自在。我現在泡澡必須要有岩盤浴、按摩和護膚，否則無法滿足呢。」

河瀨川特別推薦超級公共澡堂。

既然都去了這麼多次，肯定也知道許多好地方。

「那裡有這麼好啊。」

「畢竟你不太常去，那裡非常棒喔。養生區的設備也很充實，不過最棒的還是附設餐廳，一千圓能點的下酒菜套餐就包含炸雞塊、毛豆與啤酒……」

可能覺得愈聊愈起勁很難為情，河瀨川做作地輕咳了一聲，

「那些小事都不重要！」

然後半瞇著眼看我。

「你倒是輕鬆呢，目前企劃才剛剛開始，負擔也不太沉重。」

她說的沒錯，我的小組目前正好還有空閒。

「嗯，所以能幫忙的時候我會幫忙，也會聽妳的要求。」

我這句話原本出於關懷……可是，

「……雖然嘴上這麼說，可是你幾乎沒有給我開口的機會。上星期天的那件事，真的很難得才拜託你幫忙。」

有點難以置信的是，她似乎略微鬧起脾氣。

以前的她應該會更加強烈地頂我「你這個大騙子！」吧。

現在的河瀨川可能有些虛弱，回答得極為普通。

「是、是這樣啊……抱歉。」

我不知道這個世界的我和她有什麼交情。但在公司內似乎有些疏離，或者該說彼此的關係不深。

「況且你也從未邀請我吃午餐。我當然知道你有太太的便當，所以很難開口。」

「對、對不起。」

每天帶便當的人，的確會邀請同樣帶便當的人共進午餐吧。

不過我目前已婚，或許難免考慮到自己的立場，盡量避免接觸從以前就關係親近的同事河瀨川。

即使我有點自我意識過剩，多半也會在意這種事。

「近期我會找機會，再和妳商量，好嗎？」

我承諾後，她的回答是，

「謝謝，聽你這麼說真高興。」

她回答時散發的氣氛，果然和以前的河瀨川不太一樣。

◇

在我上班的公司，固定每週星期一早上開會。包含我在內的橋場組成員，都已經在六人用的小會議室「夏威夷」集合。

「各位早安。開始開會吧。」

組長的副手，名叫岸田的組員依序點名小組成員，讓眾人發表本週預定的業務。

我們橋場組目前正針對年尾要釋出的新作準備。現階段還在提出點子，小組成員的表情也十分開朗。

新作遊戲會任用許多知名插畫師，預算似乎也相當充足。當然我絲毫沒有這項企劃的相關記憶。

「企劃的規模真是大呢。」

我向身旁的岸田開口，

「對啊，這也多虧了橋場先生的協調能力。」

這裡也能得知不是自己的自己大顯過身手。

「我究竟做了什麼啊。」

「哈哈，這句話我們還笑得出來，但最好別向A組的成員說喔。他們目前正忙得水深火熱呢。」

A組是由河瀨川領導的小組。

「畢竟開發進入了忙碌時期啊。」

不論在任何公司，一旦進入火燒眉毛的時期，開發組員都會逐漸失去理性。河瀨川的小組目前多半也發生了這種現象吧。

「這也是原因……不過御法彩花那件事，橋場先生不是也有參與嗎。」

「嗯，然後呢？」

「除了那件事情以外，似乎還有插畫師失聯，相當嚴重呢。導致他們必須刪除原本預定上線的角色，連先行公布的劇情都要刪除，功能也得修改，好像相當不妙。」

情況糟糕到光是聽他敘述就會打冷顫。

「我們小組在這方面，多虧橋場先生事先安排妥當，插畫師都順暢地交稿，也沒有明顯的問題。看在其他小組眼裡甚至會嫉妒呢。」

在這種情況下，我如果擺出什麼都不知道的態度，的確有可能惹人嫌。他說的沒錯，我最好別亂問。

「河瀨川應該相當辛苦呢。不僅要全權負責交涉，還得面對底下組員的反抗。」

這很容易想像。河瀨川應該很能承受挫折，但我不認為她適合哄人，或是擔任折衝的角色。

我甚至想得到，她應該一直在硬撐。

「偏偏社長說釋出日期絕對不能延遲，前一陣子還和河瀨川吵起來……話說橋場先生，您怎麼一臉嚴肅的表情？」

「噢，沒什麼……謝謝你提供的資訊。可以了。」

會議中組員持續提出點子，而我想起剛才在開發室窺見她的模樣。

從開啟的門縫中，見到河瀨川一臉嚴肅地敲鍵盤打字。我還看到她不時嘆氣，以及感覺事情不順利時抱頭傷腦筋的場面。

領導都是孤獨的，而且她尤其不輕易向他人求助。因此唯一的依靠就是超級公共澡堂的浴池。很難想像她究竟有多辛苦。

（河瀨川……似乎很辛苦呢。）

以前的她經常發脾氣。

但那是因為別人不肯依照自己的理想行動，她才會發脾氣。因為兼具足夠實力，乾脆自己採取行動解決才會生氣。

可是她現在卻像是面對不如己意的現實，自己甚至無法採取行動解決，才會焦躁難耐。製作人的工作就是這樣，指揮官如果事事躬親，現場會陷入混亂，士氣容易低落。

我將注意力拉回會議室，聽年輕的組員們討論。

「這裡讓劇情暫時中斷，讓玩家等待後由五星角色登場才對吧？」

「不，這樣會讓玩家等太久，劇情應該繼續進行比較好。」

「可是這麼一來，主線劇情會不夠用喔。要拜託作家嗎？」

「能不能以支線劇情銜接？正好碰上聖誕節，這個方式如何。」

大家都認真思考自己分配到的情況，思考盡可能讓遊戲更加有趣的方案。任何人開始思考的時候都是這樣。幾乎沒有創作者會從一開始就想出無聊又差勁的方案，還認真地推動。任何人在靈光一現之下，都會試圖推出一百分的作品。

可是在集思廣益、時間與經費的限制，以及本人的技巧高低影響，方案會逐漸刪減。若是集體工作，這一點會更明顯。最後完成的設計圖會因為東缺西漏而追加條件，原本美麗的元素會充滿修補的痕跡。

不知不覺中，原本應該一百分的計畫會扣到三十或四十分。還會被烙上沒資格當專家的烙印，遭人質疑為何要做這種爛東西。越誠摯接受評價的製作人越會受到荼毒，被推落絕望的深淵。

藉口從來不是為了他人著想。而是自己為了生存下去而不得不為。

河瀨川究竟是對什麼感到絕望。

志野亞貴為何再也看不到未來。

當時的眾人明明都在這裡，卻不再是當年的眾人。

而原因肯定是——

「——先生，橋場先生？」

我頓時回過神來。他們明明一直向我開口，但我似乎沒發現。

「抱、抱歉，什麼事？」

岸田笑了笑。

「抱歉在您疲勞時打擾您。主題歌之前已經透過群組聊天傳給您了，再麻煩您確認。」

仔細一瞧，發現眾人正離開會議室。

「明白，我會看的。」

回答岸田後，我也跟著起身回到座位。

◇

回座位後我立刻開啟瀏覽器，打開聊天用的程式。

這是工作專用的，以前我在製作美少女遊戲的時候，也經常使用這一款。

然後我點開組員傳給我的影片網址。

這次製作的遊戲，對象玩家在十歲到二十歲之間，挑選主題曲也決定採用翻唱歌手。

直到不久之前，提到翻唱的主戰場幾乎都由niconico包辦。不過如今，其他影音網站也十分熱絡，候選的翻唱歌手也有半數在其他網站上發表作品。

「這是時代的趨勢吧……啊。」

打開第三個列表的時候，我的視線集中在niconico的網站上。

得知志野亞貴的現況，以及河瀨川的苦惱後，我決定對許多事情裝聾作啞。之前的一星期，即使我隨時都能搜尋，但我一直刻意避開這個詞。

我很難受。因為我已經隱約知道，現實究竟是什麼模樣。

組員傳給我的影片，的相關影片中。

「N@NA的影片……」

——我一直在逃避這件事。

即使有可能存在，我也始終不敢去尋找。

其實我也可以不看。畢竟現在我已經覺得很沉重了。何苦讓自己更難受呢，類似放棄的心情已經籠罩了我。

可是我覺得，我有義務面對現實。

因為這是源自那個過去的未來。由於我的干涉，導致她們的未來產生了變化。然後到了如今的未來。

說得更清楚一點，這個重製的世界是我造成的。而且……我面對的世界是如此完美。

「聽聽看吧……」

我以顫抖的手點下影片連結，觀看開啟的影片。

然後現實呈現在我的面前。

播放數，５４３９。

留言數，３２。

清單數，１２６。

內容為最近的動畫主題曲翻唱。聲音毫無疑問是奈奈子。如果說這是職業歌手唱的歌，應該會有人同意。

可是，這影片。

「不是……Ｎ＠ＮＡ的歌。」

我現在播放的影片，歌聲的確很像過去賦予我勇氣，我反覆聆聽無數遍的Ｎ＠ＮＡ。可是終究只是相似而已。

究竟是技術因素還是情懷因素，詳細原因我不清楚。但這首歌充其量只是「唱得比外行人好」的翻唱。

飄過畫面的彈幕大多在稱讚歌唱得好。實際上，清單數比留言數還要多，代表的確有許多人認可她唱歌的技術。

問題是，僅止於此。沒有進一步的發展。

「過、過去的影片呢……」

不死心的我點開她以前的作品，同樣缺乏明顯的特徵。最重要的是投稿數量很少。

原本世界的她，曾經有一段時間投稿數量很多，甚至號稱日刊N@NA。可是如今在這裡的翻唱歌手，投稿總數甚至不到十部。

眼看快要放棄希望的我，又看到另一個連結。

「有社群……？」

是 nico 直播的社群。

N@NA也有個人專屬的社群，經常在社群裡直播。

或許她並非以影片為主，而是透過 nico 直播。實際上也有翻唱歌手不靠影片，而是以直播為主而出名。

「或許這邊有機會。」

渴求希望稻草的我，點開最新的重播片段。

「開始直播囉，大家好。」

是奈奈子。

她的模樣與過去絲毫沒變，讓我感到驚訝。

「哎呀～相隔三個星期了吧。雖然隔得有點久，大家都好嗎～？我嗎？我很有精神喔。今天同樣在琵琶湖畔為各位直播～」

不論有點像辣妹的服裝，可人的笑容，以及和藹可親的說話方式都沒變。

「似乎還很有精神……太好了。」

我忍不住說出這句話。

和影片播放數一樣，她的社群人數與參加人數都不多，極為普通。

但我鬆了一口氣。光是她現在依然在唱歌，維持活動就夠了。

只要維持活動，就應該具備足夠的力量，有朝一日受人矚目。

可是。

我的不切實際妄想一下子就土崩瓦解。

「今天呢，有件遺憾的消息要告訴各位。」

直播接近尾聲時，

「我決定直播到今天為止，今後將不再直播。」

奈奈子冷不防地宣告直播生涯的結束。

「所以這是……最後的，直播……」

三天前直播的內容，結尾是她宣告退出 nico 直播，今後也不再上傳翻唱影片。

「聆聽我歌聲的聽眾，真對不起。因為我發現，自己不知道該面對什麼唱歌才好。」

最後她揮揮手「拜拜」道別後，直播落寞地結束。

一如志野亞貴放棄畫畫，她也放棄了唱歌，

「為什麼她會露出這麼寂寞的表情啊……！」

影片的最後，奈奈子在笑。

向零星留言的觀眾努力擠出笑容。

可是她的笑容看在我眼中……非常寂寞。

我已經無法再仔細看向螢幕。

即使錄影的直播結束，畫面已經變得一片黑暗。

我依然緊盯著什麼也沒有的黑色畫面。

◇

我的腳步踉蹌。甚至不清楚究竟要往哪裡走。

霓虹燈朦朧地融化，化為刺眼的色彩暴力撲向我。

我的視野已經不停轉圈圈。一下往右一下往左，每一次身體重心傾斜，眼前景色的旋轉強度就會增加數倍。

感受不到身體的疼痛。雖然我應該已經撞到不少地方，不過酒精麻痺了所有的痛覺。

隱約見到四周的人都別過視線，不想和我扯上關係。導致我的面前不見人影。沒錯，在我面前的人就像這樣逐漸消失。從惹人厭又任性的我面前消失。喝醉後，腦海中的積極想法與負面思考都會無限增幅。疏離感提升至極限，逐漸拉開我與世界。

「到底為什麼……會變成這樣……」

我以醉濛濛的頭腦，追溯細小又弱不禁風的記憶絲線。

記得我以強烈頭痛為由，提早下班前往新宿。我實在提不起勁直接回家，於是進入提供酒類的店……這些我還勉強記得。

酒精會融化腦袋。不論現在或過去，以及原本的過去都會融化。

我一開始來到這個世界時，以為這是好結局。

我和志野亞貴相愛，順著志野亞貴路線迎向結局，正準備遊玩終章的部分。

舞臺的確充滿這種設定。我和志野亞貴結了婚，還生了可愛的女兒。上班的公司雖然有點辛苦，但是自己身為公司的一員，受到所有人重視。而且我的工作還是以前就嚮往，貨真價實的遊戲行業。

溫暖，還有點刺激，而且十分懷念。只有快樂的元素，而且通通對我有利。

——沒錯，「只有」我。

「如果……我獲得幸福……這樣就夠了嗎……」

我當初究竟想做什麼呢。

我討厭當初想投身創作，卻不敢下定決心的過去。所以我祈禱，強烈祈禱。結果發生了奇蹟，我回到了十年前。見到優秀的創作者們過去的身影。

於是我十分專注，試圖與他們一起創作。

為了打破可能開天窗的窘境，我使出了自己的所有知識。向眼看要受挫的女孩提供未來的見解。對於經濟上陷入絕望的朋友傾囊相授，想出賺錢的方法。一切都是為了今後的未來，本來是。

結果我造就的，是見到我這個卑鄙的超人後身陷絕望的朋友。以及受到扭曲的影響，決定走上歧路的創作者們。

命運很殘酷，真的非常殘酷。

不如說我自己也遭到毒打，走錯路，或許才能接受這一點。

可是只有我一個人獲得幸福。這個快樂結局只有我獲得幸福，實在是太諷刺了。還是將原本有燦爛未來的他們當成踏腳石，才得到這種結局。

我每走一步，就彷彿能聽見他們的呻吟。控訴著他們明明也想獲得幸福，為什麼，為什麼只有我而已。

步履蹣跚到最後，我終於跌坐在地上。

大型高架橋下方有條勉強容納一輛車經過的小徑。我背靠橋的護欄，無力地低下頭。

電車發出呼嘯聲在我的面前疾駛而去。平交道柵欄的噹噹聲在我腦海中特別響亮。野狗的叫聲混雜在噹噹聲中，還有某人騎腳踏車的聲音由遠而近，然後再度遠離。

柏油路面冰冷，似乎不肯輕易帶領籠罩在酒精熱量中的我，前往夢中世界。

我摸索口袋。然後以右手掏出的手機顯示我搜尋到剛才的內容。

畫面顯示兩個分頁。

第一個分頁是「川越京一」。

第二個分頁則是「鹿野寺貫之」。

第一項搜尋結果為〇項，後者有幾十項。

貫之在老家鹿苑會醫院擔任業務員，還有刊出他的大頭照。他的表情比以前略為老成。

他似乎也結婚了，對象是小百合小姐。兩人的合照中，他露出幸福的笑容。醫院的部落格由他獨自負責撰寫。

部落格的內容五花八門。從當地川越的話題、他的興趣魔術，以及夫人小百合小姐與兒子、天氣，甚至有美食。

很有他認真個性的風格，應該是他專心經營的結果。部落格內容既容易閱讀又有趣。

可是會有多少讀者熱心地閱讀醫院的官方部落格呢。他原本應該有超過百萬讀者，而且對寫作有極大的熱情。可是在這個世界上，他公開撰寫的文章只是區區數十名讀者，不起眼的官方部落格。

抹消他原本應該擁有的未來，元凶就是我。

「貫之……真的，對不起……」

我將手機收進口袋，仰望漆黑的夜空。

都心的夜晚幾乎看不見星星。只有人工光源照亮的大樓燦爛地發出單調的光芒。不論從任何角度觀賞，都無法療癒受創的內心。

「如果繼續醉下去……不知道醒來後，會不會再度回到原本的世界。」

那段糟糕透頂的時光，過著黑白人生的〇一六年。我甚至認為回到當時，對我而言才是最佳的選擇。

我再度聽見平交道柵欄的聲音。電車發出轟鳴聲由遠而近。地面在車頭燈的照耀下，宛如聚光燈般映照出我狼狽不堪的模樣。

我閉起眼睛。

摀住耳朵。

我寧可相信只要遮蔽世界與自己，懲罰遊戲就會結束。

可是事與願違，人生沒有遊戲結束這個選項。真要說的話是有唯一的方法，但我沒有勇氣選擇。

◇

「歡迎回來……怎麼了嗎，孩子的爸!?」

「爸爸，酒臭味好濃喔～！」

不知不覺中，我一打開家門便倒頭就睡。

兩張臉龐在窺看我。

是我心愛的對象，以及長得像心愛對象的人。

兩人都十分擔憂。為什麼她們會擔憂呢。我的意識早已朦朧不清，甚至不知道她們為何擔憂。

「竟然喝得這麼醉……這還是頭一次吧。」

「爸爸，你沒事吧？」

心愛的人似乎非常驚訝。這好像是我在這個世界第一次喝得酩酊大醉。

如此一來我倒覺得意外。在迎向這種結局的未來中，本應是我的人物到底怎麼保持清醒呢。若是我……根本無法承受。

除非像這樣，可悲地沉溺在酒精的麻醉中。

「對不起……」

我向她道歉。

「到底怎麼了……怎麼了嗎？」

她一開始的語氣是視我為丈夫，然後過了不久，視我為橋場恭也。

「對不起，志野亞貴……」

我呼喊她的名字，然後道歉。因為我侵蝕了她的未來，還在上頭建築屬於我的幸福。我用最惡劣最差勁的金手指，迎向自私的快樂結局。

「沒關係啦，恭也。你好像有很難受的事情呢。」

志野亞貴摟住我。然後將我的頭置於她的腿上。

觸感從冰冷的地板變為溫暖又柔軟的事物。原本要後悔與賠罪的心態，彷彿逐漸被她的溫暖融化。

她為什麼這麼溫柔呢。我明明是個大爛人，奪走了她的重要事物。

我明明沒資格受到她的溫柔呵護，可是，為什麼……

「嗚、嗚嗚……」

我忍不住哭泣。

發出孩童般的哭聲。在志野亞貴的腿上，籠罩在她的溫暖之下。

「爸爸在哭呢～好像小孩喔～」

很像志野亞貴的孩子摸摸我的頭，安慰我。

明明好想回到原本的世界，想就此消失無蹤。結果我還是選擇回到溫柔鄉。

我心知肚明，只要在這裡這麼做，就會有溫暖前來迎接我。

——要怎麼做才能在這個世界報答她呢。在我逐漸模糊的意識中，這是我唯一思考的事情。

電車行駛的聲音聽起來彷彿比平時遙遠。

明明還是車水馬龍的時間，但今天我完全沒聽見喧鬧與吵雜聲。

好安靜的夜晚。與回到家時的吵鬧相比，完全相反。

「恭也，已經睡了嗎？」

耳邊傳來輕語。是躺在身旁的志野亞貴聲音。

「不，還沒。」

我翻了個身，朝向她的方向。

志野亞貴擔憂地看著我，她的臉龐近在咫尺。

「謝謝妳。多虧了妳……我感到冷靜多了。」

從她握住我的手傳來溫暖。

「不用客氣。雖然我只做得到這樣……」

志野亞貴也轉身望向我。我們彼此握著手，在超近距離凝視彼此。

可能因為聊起往事，她也說起方言。如此近距離端詳後，發現她果然是志野亞貴，不是別人。

但是她已經不是那時候的她。我痛徹心扉地明白了這一點。

「我以為恭也你已經釋懷了呢。」

我隱約感覺到，她握著我的手帶有一點力量。

「對於我當年……放棄畫畫。」

就在剛才受到志野亞貴照顧時。

意識矇矓的我，再度問了她一次。

問她為什麼要放棄畫畫。

當時她笑著，完全沒有回答我。而我也很快就睡著，所以也只依稀記得自己問過她。

事後我咒罵自己的糊塗。痛罵自己真是混蛋。即使我非常想問這件事，但明明一直忍著沒問。

可是既然已經問出口……就沒有回頭路了。

「抱歉，問到妳難過的往事。」

「沒關係。當時決定放棄時，我沒有仔細說明原因。難怪會一直在恭也你的心中久久縈繞。」

志野亞貴深呼吸一口氣。

「當年負責繪製遊戲插圖後，邊和恭也與大家一邊討論，同時畫了許多畫。不是維持了好長一段時間嗎？」

是指第一款同人遊戲，以及後續發展吧。

根據她的說法，我們之後也一直在製作遊戲吧。

「可是從中途，我就逐漸不明白自己為什麼要畫畫了。」

她這句話喚起了我的記憶。

因為太注重優先完成遊戲，她被迫犧牲了許多。

我強迫她採用的方法是簡化構圖，利用習慣作畫。畫出可以量產，以進度為最優先的圖。

這導致她身為插畫師的壽命大減。

「我……犯了無可挽回的錯。」

我對自己當時的態度道歉後，志野亞貴跟著緩緩點頭。

「畫畫的確愈來愈輕鬆了。可是——」

她露出平時對我展現的體貼微笑。

「恭也盡了自己的力量，而且比任何人都努力。任何人都不會覺得你有錯。」

即使是這種時候，她依然關心我嗎。

在我因為歉疚而接不上話時，

「更重要的是……」

她轉頭望向天花板，嘆了一口氣。

「……在失去大家的地方畫畫，其實很難受呢。」

「失去大家是什麼意思？」

雖然少了貫之，可是我和奈奈子當時應該都還在她的身邊。可是她怎麼會說出這番話呢。

「當時只要我繼續畫，恭也你就會稱讚我。只要我公布自己的作品，就會有更多人誇獎我。即使我自己無法接受，無法理解也照誇不誤。」

說到這裡，志野亞貴停頓片刻。

「我一直……很害怕這一點。」

然後以氣若游絲的聲音回答。

「…………」

我也和她一樣凝視天花板。因為我沒有答案。

當時志野亞貴一直很相信我。即使製作遊戲的過程中產生疑問，她依然相信我。以前曾經發生過動搖信賴的事情嗎。不，如果有的話，如今我就不見得能和她在一起了。

原來當時已經存在只有她才明白的孤獨了嗎。而且我沒發現這一點。

難道真的……無法挽救了嗎。

「志野亞貴……」

我輕輕望向身旁。她靜靜地注視我。

「恭也。」

見到她的溫柔笑容，我的眼睛深處再度感覺到溫熱。

「來吧。」

志野亞貴張開雙臂，緊緊摟住我。

我難為情地眼裡噙著淚水，同時與她緊緊相擁，並且反覆親吻。

「嗯……啾……」

我沒辦法給予她追求的事物。所以她放棄畫畫，選擇與我共度人生。

可是現在的我，卻如飢似渴地貪求她帶給我的溫柔。

「嗯……志野亞貴……」

我呼喊她的名字，她對我面露微笑。

可是每當她這麼做，就有某些事物在我心中融化，逐漸消失無蹤的感覺。

究竟是我剩餘的良心，還是罪惡感呢。

為了總有一天報答她，我必須在這個一切都改變的世界中活下去。

（……我得在這個世界上活下去。並且尋找方法。）

我只能盡自己的努力。或許她說的話是出於關心，但志野亞貴依然在後面推動我。

至少在有人需要我的時候，能拿得出方法。

為了避免重蹈當年的大錯，我得低調進行。

河瀨川英子

辛苦了，河瀨川
現在可以聊幾句嗎

是可以，什麼事？

妳最近似乎排滿了工作
我擔心妳撐不撐得住

沒有啦

你才一直滿腹心事

鑽牛角尖的表情，有點怪怪的

是嗎，那就好
還有謝謝妳擔心我

我哪有擔心你啊

沒有好不好

我知道了，謝謝

就說沒有！

第三章　「這是沒辦法的」

「橋場先生，麻煩您檢查。」

從後方第三張座位傳來喊我的聲音。

「好。已經放進聊天群組了嗎？」

「是的。插圖也上傳了縮小版的ｐｎｇ檔。」

我立刻透過瀏覽器跳轉到對方指定的訊息，確認附加檔案的圖片。

是插畫師上傳的角色設定草稿。遊戲內容是奇幻世界觀添加近未來的元素，服裝與配件都反應了世界觀。

「您覺得如何呢。」

「身體應該沒有問題。這塊從盔甲伸出來的白布有點長，與其他角色並排時可能會遮住，所以要改短一點。另外關於武器手柄的空白部分，有角色隸屬的騎士團徽章，請繪師幫忙填滿。」

一邊說，我同時以回信傳送徽章的ｐｓｄ檔。

「咦?已經另外訂製了設計嗎？」

「對，由於會增加插畫師的負擔，唯有這一部分委託了美術小組。」

「真是幫了大忙！非常感謝您！」

關閉聊天群組後，對面組員彷彿早已等待多時，

「橋場先生，之前委託的三張背景已經上傳了。」

也拜託我檢查。

「知道了，我也現在看。」

「因為圖片尺寸很大，我傳到共享資料夾了。請您直接看吧。」

於是我從日期寫著今天的檔案夾，開啟三個單一大小有一點三GB的檔案。

即使公司發的開發用電腦性能強勁，全部開啟估計也得花不少時間。

「趁這段時間回回信吧……」

從瀏覽器開啟網頁郵件的分頁後，我一一點開十幾封未讀郵件並回信。

即使樸素，但這項工作比想像中還耗體力。

包括聲優經紀公司的選拔通知，檢查廣告負責人傳來的報導。還有插畫師的抱怨、要求，加上開拓新的營銷渠道與討論。

一開始我還不知所措，但經過一個月後，我已經駕輕就熟。諷刺的是，以前那段在美少女遊戲公司的灰暗時期經驗發揮了很大的作用。

就算變成開發手遊，要做的工作依然沒變。

「…………」

一邊輸入與以前相同的郵件主旨，我忽然停下手指思考。

「依然……沒變呢。」

說到記住腦海中缺乏的業務，這一個月我已經學了相當多。要記的事情很多雖然辛苦，卻也很有意義。

不過一旦記住，之後就接近例行工作。尤其我目前推動的作業線，只要恰當分配工作，現階段其實不難。我不會說這份工作很輕鬆，但也不至於寸步難行。

這樣真的好嗎。回到十年前大顯身手的結果，是穩定的工作與生活。即使與創作的世界有交集，卻絕對不會脫離既有的框架。

「不……這樣就好。」

我瞄了一眼隔壁部門。河瀨川領導的A組似乎還是一樣，忙著處理業務。

但是和我沒有直接關係。出了社會工作我才頭一次發現，打個誇張的彼方，不同小組或部門簡直像不同公司一樣存在壁壘。尤其缺乏橫向交流的公司更明顯。

即使我與河瀨川有交流，卻和其他組員沒什麼交集。所以也有組員擔心我干涉過深。

「做我能力所及的事吧……」

不需要做特別的事。如果我多事……會導致大混亂。

如此一來，辛苦的會是陷入大混亂的人。

◇

娛樂焦點股份有限公司有一間大型會議室。

這間房間原本可以容納全體職員。但職員人數的遽增超乎預料，因此現在只能容納半數人。

應對方式則是在大會議室斥資預算，安裝攝影設備。所以可以透過區網讓公司內共享，也支援網路直播。

可是空有器材，卻沒有職員懂得直播技術。除了社長心血來潮舉辦的全體會議有用到以外，其他時間根本糟蹋好東西。

「嗯～所以說呢，我們公司預計會在下一季上市。因此這一季的目標無論如何都必須達成。」

而今天正好就是全體會議的當天。

與會者為第三開發課的組員，在大會議室進行，由河瀨川一人負責。其他人則以自己的電腦，或是共用的大型電視觀看會議情況。

基本上所有人都要參加會議，進不了會議室的話，就分別收看共享的直播。但實際上幾乎沒有人會認真參加。經常由組長或副手確認會議內容，事後再告知組員摘要。

「所以需要全體職員同心協力，更加努力達成目標。」

即使是在公司內，但畢竟是向全體職員致詞的機會。社長西裝筆挺，還戴眼鏡參加會議。只有頭髮雜亂地紮在腦後。

「我每次都覺得，社長真不適合穿西裝呢。」

在我身旁，同組的岸田檢視了一番社長的時尚風格。

「他之前有戴眼鏡嗎？」

我詢問他關於社長的陌生模樣，

「似乎開始老花眼了呢。雖然平時一直隱藏。」

結果得到的答案出乎意料地鬱悶。

「所以目前第三開發課A組正在製作的神祕發條，成功與否將是關鍵！」

社長進一步提高音量，唸出遊戲IP的瞬間，從開發室的一角傳來沉重的嘆息聲。然後有不少人關閉影片做起別的工作、起身上廁所或是去抽菸休息。那邊正好是A組的組員。

「A組成員真是可憐，看來還是回不了家……」

岸田發出憐憫之聲。

「A組的進度還完全不行嗎？」

我提出疑問，
「您方便看一下電腦嗎？」
我依照他的指示看螢幕，隨即見到他傳給我寫著『進度管理表』的檔案。
檔案一開，我忍不住驚呼。
「天哪……」
公司共享的管理表有規定，依照計劃進行的項目以藍色填寫。目前拖延的項目是黃色，擱置、停止的項目則以紅色記載。
可是顯示在我面前的管理表，藍色項目只有一兩項。絕大多數都是黃色，甚至有一些項目變成了紅色。
根本不像下個月即將釋出的手遊進度表。
「您怎麼看？」
「就算插圖勉強趕上，實裝的時間也很緊湊……增加外包單位，同時進行的話勉強趕得上吧。」
我回答後，岸田嘆了一口氣。
「的確，是這樣呢。但似乎沒辦法再增加外包了。」
「為什麼？這是唯一的方法吧？」
「這項企劃的賣點是以自己公司的引擎開發，而且社長也堅持，所以不能外包。」

神祕發條這個ＩＰ原本屬於別的大型遊戲公司。我們公司的作品繼承了世界觀與角色，以完全原創劇情的作品改編成手遊。

在好幾間公司爭奪這個ＩＰ的過程中，娛樂焦點甩開大公司獲得開發權。當初發布新聞稿的時候，似乎還曾引發話題……

「自己公司開發的遊戲引擎嗎……為什麼偏偏選上這個ＩＰ啊。」

對於這年頭開發手遊的企業而言，外包是理所當然的。實際上目前的公司，比方說Ｂ組的實裝部分就外包給其他公司。

公司當然有能自己搞定的人才。可是原本就有許多小組的組成是以外包為前提，要全部交給自己公司搞定，當然會有弊端。

就像現在的遊戲，除了製作以外，萬一還碰上大量調整或檢查等耗費神經的工序，就會背負相當大的風險。

「誰曉得呢。總之因為這個原因，Ａ組成員目前正咬牙趕工是事實。」

連岸田都不可思議地歪頭。

從副螢幕依然傳出社長滔滔不絕的演講。還大聲強調公司上市有多美好，以及下次員工旅行要去南方島嶼或佛州度假。

「岸田，方便過來一下嗎？」

我叫他來我的座位，稍微和他講悄悄話。

◇

全體會議結束。由於B組沒什麼聯絡事項，所以稍微交代幾句便解散。

A組空無一人。可能在會議室討論議題吧。肯定不是什麼正面消息，光是心想就覺得他們好可憐。

「橋場先生……」

身後突然傳來彷彿從地底發出的低沉聲調。

「哇！原來是森下小姐啊，怎麼了？會議呢？」

明顯模樣不對勁的森下小姐，視線朝上望著我。

「因為有些事情，只有我一個人先開溜了。話說橋場先生，」

她的臉湊過來，

「……您想要什麼嗎？」

「啊？」

這個問題也太突然了。發生了什麼事嗎？

「想要的東西啊。像是一頓大餐犒賞自己啦，書籍或色色的模型啦。啊，忘記橋場先生已經結婚了，所以模型不算。我想想，總之……」

她深呼吸一口氣，試圖讓自己冷靜後，

「……希望您能收下一些禮物。」

「是、是喔……」

我隱約猜到她想說什麼了。

會送禮給既非生日也非紀念日的對象，大多都是有所求的交換條件。

與其說她對我內疚，其實我很清楚她想拜託我。

所以我，

「如果當作有求於我的交換條件，其實我不需要啦。有什麼事想拜託我嗎？」

為了讓她冷靜下來，盡量留意以溫柔的語氣回答她。

「嗚嗚……感謝您……」

結果森下小姐一臉快哭出來的表情，拚命向我低頭道謝。

◇

「妳說彩花畫不出來？」

在地下鐵的車廂內，我忍不住喊出來。

「不、不行啦，橋場先生。要是被其他公司聽見可就慘了。」

「抱、抱歉。」

彩花是相當大牌的插畫師，業內人光是聽到她的名字就知道是誰。如果毫不避諱大談她的話題，可能會引發流言蜚語。

「……剛才收到郵件。內容提到就算花時間畫，可能也趕不上遊戲上線。」

森下小姐壓低聲音，邊說邊嘆氣。

「唔……是嗎。」

我忍不住抬頭仰望。

插畫師是纖細又嚴苛的工作。也很容易受到熱情左右。

透過前一陣子的訪問，她的確掌握到些許幹勁。可是，這樣並不代表她的狀態可以立刻開始作畫。

因此她應該與森下小姐保持定期聯絡……

「她絕對並非偷懶不畫。光是這一點就無法呵責她。」

即使我不經意向其他公司打探，他們似乎也同樣拿不到原稿。彩花原本就是室內派，不會跑出去玩或是旅行。但她也不像沉迷遊戲而足不出戶。

明明每天都試圖面對插畫，卻完全畫不出來。

想到最難受的應該是她本人，也不好意思說得太難聽。

「所以希望她與橋場先生談一談，看能不能讓她稍微積極一點。」

我不禁覺得這個責任過於重大，可是她應該真的已經走投無路。所以我也立刻同意。

「我想妳應該明白，不保證能順利喔。」

「嗯，當然。真要說的話，比起老師畫不畫圖，我更擔心老師本人。」

森下小姐露出打從心底關懷的態度。

「我擔心她畫不出來，導致一時想不開。」

「噢……嗯。」

雖然工作不順遂，但我心想，幸好彩花的負責人是她。

◇

「真是奇怪，她還沒回信。」

一抵達公寓，我立刻確認彩花寄的信。

今天登門拜訪已經取得她的同意，可是註明詳細時間的郵件尚未收到她的回覆。

「該怎麼辦呢……？」

「還是先問問看。如果她還在準備，就打發一下時間。」

一如之前進入大廳後，我按下對講機。

「請問……」

我正要說出名字時，

「來了，我馬上開門！」

隨即傳出彩花的聲音，大門跟著乾脆地開啟。

「真不愧是橋場先生。老師幾乎零時差開門了呢！」

森下小姐露出尊敬的眼神看我，

「不對，好像有點太快了……？」

可是開門的時間實在太快了，我反而感到懷疑。

「是您多心了啦，幸好老師還很有精神。那我們進去吧！」

跟著幹勁十足的森下小姐，我歪頭疑惑的同時進入室內。

按下門鈴後，隨即傳來腳步聲，她前來迎接我們。

「辛苦了！」

門一開，便出現她的身影。

然後下一瞬間，

「欸欸，橋場先生!?怎、怎麼會，怎麼會!?」

「老師辛苦了……哇！」

我們三人都大為驚訝。

「老、老師……您的，打扮……」

森下小姐即使一臉茫然，依然開口。

彩花從頭到腳穿著完全黑白相間的服裝。

鏈條代替裝飾品纏在脖子上的。

雪白色的臉與鮮紅色口紅，完全見不到上一次見面時的氛圍。

插畫師御法彩花的外表徹底改頭換面，完全不一樣了。

「這還真是……徹底呢。」

我坦率地說出感想。

「哥德……蘿莉……」

森下小姐的呻吟聲簡直像死前留言。

「……原來不是送貨人員啊……」

哥德蘿莉小姐御法彩花難為情地低下頭去。她以超級離奇的打扮迎接我們的到來。

「這個……抱歉。」

總之我低頭致歉，同時居然也能體會到。在這種狀態下突然有訪客，當然會慌張呢。

她之前正準備回我信時，正好送貨人員來電連絡。她才會忘記回覆。

由於是常來的送貨員，她覺得等待時維持Cosplay打扮也無妨。碰巧這時候對講機響起，結果她沒確認清楚就開門。

結果就是剛才的窘境。

我們彼此默默進入房間，一如往常面對面坐在會客用沙發上。雖然我們面前的女性外表與上一次完全不同。

「我在外面從來沒這樣，完全只在家裡這麼喔。」

一問之下，發現她之前就經常Cosplay。

「是、是嗎……」

我的面前是完美的哥德系女性。

情況明明與上一次相同，但無論如何都覺得特別不對勁。

「不過呢，真的非常適合您呢。」

這不是恭維，而是實話。

她原本就是典型的美女，透過略為犀利的化妝，形象提升得更加理想。而且她身材高挑，雙腿纖細，所以略短的裙子相當好看。如果她走出戶外，肯定會成為閃光燈的焦點。

「謝謝誇獎。總覺得有點難為情呢。」

她吁了一口氣後，

「這個啊，該說轉換心情嗎……因為我始終無法平靜。」

比起什麼也不做，單純發呆，或許這樣的確對精神比較健康。

她原本可能還會面無表情，一語不發。這麼一想就覺得，還好她依然很有精神。雖然相當出乎意料。

「是關於角色設定吧。」

森下小姐頓了半晌才回答。

「……嗯，沒錯。」

彩花可能早就料到會提起這件事，並未慌張，默默低下頭去。

「對不起，一如郵件的內容。其實我一直想認真面對，可是目前……依然完全不行。」

她還真是耿直啊，我心想。

為了提升自己的熱情，不僅接連嘗試新事物，有時候還挑戰Cosplay。即使在他人眼中離奇古怪，但她肯定連之後的過程都考慮到了。

可是唯有這一次，光憑她自己想到的刺激方式，似乎都豈不了作用。

「需要能讓老師想畫畫的事物嗎？」

彩花點點頭，

「這個呢……對，沒錯。」

似乎非常渴求這一點，靜靜地回答。

「上次來拜訪的時候，您正在畫畫吧。」

「嗯，對啊……」

「若是看到當時讓老師受到刺激的畫……會不會有所改善？」

上一次來訪時，她正在畫一張圖。

她使用的筆觸，是模仿當初投身插畫界契機的圖。她肯定認為只要回到初心，肯定能發現某些線索吧。

說不定那張圖有打破僵局的方法。可是她如果不肯透露原圖，我們也無計可施。

「對不起，橋場先生。」

結果她居然向我道歉。

「啊，當然也對不起森下小姐。我會想辦法振作的……」

雖然她急忙補充，但我不知道她為何向我道歉。

之後我們又聊了一會。可是話題始終沒提到有可能成為彩花重拾熱情的契機。

回程的電車中，我們都默默無言。

大約過了兩站後，森下小姐好不容易先打破沉默。

「老師之前經常提到。」

森下小姐剛進公司，隨即成為彩花的負責人。由於要先讓彩花接受委託，所以她一開始的工作是對彩花有一定了解，並且獲得她的信任。

因此她經常與彩花聊天。彼此關係逐漸融洽，還提到創作的話題。

「有時候會突然什麼都不想畫，宛如真的有陷阱潛伏在某處。可是這種時期只要找到契機，先前的低潮就會煙消雲散，之後的工作非常順利。」

她看過以前的資料。彩花一開始的工作是利用既有角色畫特邀插圖。每張圖都沒有減損原有的個性，還畫得很有魅力，成品相當優秀。

「雖然可能很難趕上上線，可是我還是希望拜託老師畫。」

森下小姐看彩花的插圖，眼神中透露強烈的憧憬。

「如果我能幫上忙就好了……抱歉。」

「不會！橋場先生光是幫忙聯絡老師，就幫上大忙了。」

即使她稱讚我，可是現況依然極為嚴苛。

如果再不找到她口中的契機……

◇

最後的結論是，御法彩花的插圖趕不上上線。

這對營銷是極為不利的負面消息，對河瀨川而言又多了頭疼的原因。

可是這個問題無法光靠我們解決。所以我們的方針是，至少盡可能完善遊戲內容……

「看來很棘手呢……」

根據管理表的副本，之後完全沒有戲劇性的變化。

反而只讓人認為情況更加惡化。

「去找河瀨川聊聊吧。」

正好鈴聲響起，到了午休時間。

我推辭組員的邀約後，直接前往某個地方。

然後我敲了敲位於第三開發課最後方，唯一一間鑲玻璃的房間門。

「請進。」

聽到與平時同樣音調的聲音後，我打開房門。

「怎麼了，橋場？」

「吃午餐了嗎，河瀨川？想說要不要一起吃。」

我秀出便當盒開口後，

「……你在打什麼主意？」

她對我露出詫異的表情。

「沒有啦。念大學的時候不是經常喝茶嗎。」

「對啊，我還記得你總是趁喝茶提出奇怪的委託。」

……她這一點與以前絲毫沒變呢。

「好吧，反正也沒有理由推辭。等我一下。」

不過還是成功約到了她。

從公司步行一段距離，有一座中等規模的公園。還附設五人足球場，傳來利用午休踢球的歡聲。附近設置了板凳，我們決定坐在該處。

「那是妳親手做的嗎？」

河瀨川打開的不是現成菜色，而是親手製作的便當。

「怎麼，聽起來好像對我自己做便當感到意外。」

「沒有啦，因為妳不是很忙嗎。」

「之前不是說過嗎。你帶便當，我如果沒帶的話，中午就很難相約用餐啊。」

「嗯，說過。」

「所以我有些在意這一點！心想這樣你比較容易開口，前後已經帶了將近一個月便當。結果你好像始終沒有約我呢。」

結果我踩到一顆大地雷。

我以前也經常像這樣，踩到她生氣的大雷點。每一次都被嗤之以鼻的她臭罵一頓。

「……你怎麼還笑得出來啊。」

……糟糕，不小心懷念起往事了。

「沒有啦，只是覺得妳一點都沒變。」

河瀨川半瞇著眼瞪我後，

「你這種讓人不爽的態度也始終沒變。」

和以前一樣，分毫不差地反駁我。

實際上已經過了十年歲月。但是以我的體感時間，短短一個月之前還經常和她互動。

你說東來我說西，這種交流十分開心。所以在我以為一切都已經改變的世界中，她那始終如一的態度讓我有些開心。

「真的很抱歉，太晚開口約妳了。不過妳做得真是仔細呢……」

小巧的便當盒內有利用肉燥與櫻花魚鬆，以及雞蛋製作的三色飯。還有筑前煮

（什錦燉煮菜）、豆腐漢堡排、肉丸與蕪菁菜沙拉，顯得色彩繽紛又漂亮。

「我沒有特地準備。只是考慮到營養均衡，對健康有益又省事，自然就做成這樣了。」

這番話很有河瀨川的風格呢，在我如此心想時，

「話、話說……橋場，你還喜歡肉丸嗎？」

她突然這樣問我。

「咦？」

「還、還記得嗎！念大學的時候，大家不是自備餐點賞過花嗎！當時你經常吃我做的東西……」

糟糕，我完全沒有記憶。是我自己不小心忘記，還是未來發生過的事呢。

「嗯，喜、喜歡啊。現在也經常吃。」

總之肯定是喜歡的食物，我如此回答後，

「那……你要的話就給你吧。」

「哦，謝啦。」

於是我從兩顆大顆肉丸中挑了一顆。

不過她居然還記得啊。她從以前記憶力就很好，似乎現在依然如此。

「志野亞貴的手藝真的變好了呢。」

河瀨川探頭看我的便當，

「嗯，對啊。」

「一開始你經常帶做失敗的便當來呢。還幸福地吃著燒焦的漢堡排。」

該怎麼說呢……有點難為情。這不就是秀恩愛嗎，還秀很大。

「總之吃吧。我開動囉。」

「嗯，開動了……」

我們鄭重地雙手合十，一同開始享用午餐。

「所以說，你想聊什麼嗎？」

大約吃到一半時，河瀨川主動開口。

「之前不是談過了嗎，就是那件事啊。」

「目前的企劃吧……」

由於我是私下偷看進度管理表。所以包括會議與御法彩花的事情在內，我都以旁觀者的角度表達擔憂而詢問。

大概聊完後，河瀨川嘆了一口氣。

「老實說……很棘手呢。你說得沒錯。」

「目前情況有多糟糕？」

河瀨川背靠板凳，挺直腰桿，

「糟糕到我想立刻飛到沖繩去。」

她的臉上沒有笑容，拋出這句話。

「很慘啊……」

河瀨川原本就很有責任感。所以再怎麼說，她也不至於丟下目前經手的企劃逃跑。

即使是開玩笑，但連她都想逃避，代表情況已經嚴苛到無計可施的程度。

「你已經知道企劃的詳情了吧？」

「大致上知道。原本是別的公司擁有的ＩＰ，改編成手遊的企劃……沒錯吧。」

「沒錯，這是最大的賣點……還是得勝者軟體公司的招牌ＩＰ。」

聽到這間突然冒出的公司名稱，我難掩驚訝。

「咦？合作方竟然是那間得勝者軟體公司？」

河瀨川一臉不可思議，

「你不知道嗎？你居然不知道，這也太讓人意外了……」

「沒、沒有啦，我當然知道。」

我口中的知道，是指我知道這間公司的名稱。而我當然不知道該公司就是這次手遊的ＩＰ擁有者。

我當然不可能忘記。在我原本二〇一六年的世界，原本要集合三位白金世代製作夢幻遊戲ＩＰ。遊戲的發行商、製作公司就是這間得勝者軟體公司。

當時我無論如何都不可能與他們有交集。結果我回到過去再回到現代後，竟然間接與他們有商業往來，真是諷刺。

可是我卻沒聽過神祕發條這個ＩＰ。究竟是我消失的二〇一六年之後才出現，還是因為我改變了世界才出現這個ＩＰ呢。

「但既然是那麼大的公司，設定資料肯定十分周全。角色設計也很完整，照理來說比較容易製作……」

我才說到一半，河瀨川便一臉苦澀地在我面前放一疊資料。

「這是？」

「那間大公司送來的指定函。要求修正我們提出來的素材。」

我稍微翻了幾頁，就知道河瀨川為何一臉苦澀。

為了這一次手遊，原本遊戲使用的角色改為立體化，但光是修正就已經提出了十幾次。而且指出的部分相當詳細，凸顯符合對方的要求有多困難。再加上本來就不是立刻確認，依照對方的情況，被迫等一星期都是家常便飯。

「沒有事先決定重拍次數嗎？」

「要是有決定就不會這麼慘了。我是這個企劃簽約之後才接下責任的。」

這項企劃不是由河瀨川提議。是社長與當時別的總監提議，該總監辭職後才由河瀨川接手。

「接下來是卡牌用的插圖。這也相當麻煩呢。」

我翻開資料一瞧，上頭記載著插畫師一覽。

都是連我都知道，相當出名的畫師。可是我發現這些人選有些傾向。

「人選會不會太偏了啊？」

「對啊，因為這是對方指定的。」

……我快頭暈了。

委託遊戲插圖時，委託人要事先設定類似參數的數值。像是哪位繪師十分遵守交稿時間、哪位的插圖品質絕對可以放心之類。要依照擅長領域分配，決定行程表後再一一發包。

可是如果像這一次由對方指定繪師，就很難制定行程表。最壞的情況下，甚至可能所有繪師都拖延。現在知道管理表為什麼充斥著黃色與紅色項目了。

（即使是嚮往的公司，在工作上也有各種問題啊。）

在原本的世界中，我一直嚮往得勝者軟體公司，甚至覺得光能一起工作就很高興。可是現實中卻有堆積如山的麻煩。

沒完沒了的確認，綁手綁腳的發包繪師。再加上以不熟悉又 bug 叢生的自製引擎製作，宛如從一開始就擺明了延遲。

「由於系統也是自己開發的，一旦遊戲引擎出錯，對腳本也會造成影響。插圖素材也因為延遲，一直以臨時圖片代替。如此一來始終難以監製，結果等收到插圖後還得從頭再來。當然也得從頭測試，所以進度始終停留在α版。等於是犯了所有不該犯的錯。」

河瀨川一臉苦笑。

從她帶有自嘲的笑容，感覺到她已經快放棄了。

「欸，河瀨川。」

「我已經知道你想說什麼了。延後釋出日期，或是改變規格吧。不想想辦法就有可能發生重大災難……對不對？」

連她也早就知道這種情況與對策。

「可是沒辦法。一開始簽的契約就糟透了，之後的應對也始終處於被動，現在的情況已經完全無法回頭。而且企劃的賣點，御法彩花設計的主要角色已經被迫延後實裝。要是再拖延釋出的話，有可能一切都完蛋。」

她深深嘆了一口氣。

「抱歉讓你擔心了。可是從現在才想辦法已經來不及了，沒辦法。」

河瀨川很明顯情緒低落。她肯定以自己的力量持續奮戰，結果依然事與願違，才落得如今的困境。

但我依然認為這不像她的風格。她應該會堅持到最後一刻，而且反覆提出最好的方案。

「有我能幫忙的事情儘管開口。這樣可不像妳啊，河瀨川。」

但即使聽到我這句話，她依然無力地笑著，

「不像我嗎。也只有你才會這樣對我說了。」

結果還是說出不像她會說的話。

「好啦，已經沒時間了，快吃吧。」

「嗯……」

剩下的便當明顯比剛才少了點滋味。

◇

午休結束後，我直接前往社長室。

從御法彩花的事情看來，我似乎多少受到社長的信賴。那麼關於這次的遊戲，社長或許願意接納一點我的意見。

何況河瀨川已經那麼痛苦，我實在無法置之不理。

我敲了敲社長室的門，確認社長回應後才開門。

「不好意思。」

敬禮後我進入室內，社長隨即誇張地張開雙手。

「哦，橋場嗎。啊，該不會是那件事？你是來報告御法彩花終於交了新角色的稿件嗎!?」

「呃，不是……」

「原來不是啊。」

社長一下子感到失望，放下了手。

不論是好是壞，他的特徵就是很容易看穿。

「倒是和那件事情有一點關係，社長。」

「什麼事？」

我也省略客套話，直接進入主題。

「能不能延後神祕發條的釋出日期？」

我原本以為社長會更驚訝，但他只瞪了我一眼，沒有明顯的回答。

然後他緩緩回到座位，一屁股坐在椅子上，

「……不行，辦不到。」

說話的口氣不是平時帶有幾分演技，而是十分冷靜。

「為什麼啊。如果再繼續這樣下去，毫無疑問會有 bug，甚至有可能發生意料之外的問題啊。」

從剛才河瀨川的模樣看來，開發過程似乎相當艱難。要是繼續依照預定釋出，顯然會爆發重大問題。

「有 bug 或問題就改正。況且事先預留了時間維護。」

「可是事先知道有問題，不是應該盡早處理嗎。為什麼要置之不理……」

明知道會掉進洞裡卻照衝不誤，實在太蠢了。即使暫時停車，也要先填補洞穴或興建橋梁再前進才對。

可是，

「你根本不明白！」

社長大聲否定了我的話。

「你也知道，現在是我們公司的關鍵時期吧。前後已經挑戰長達五年，眼看股票就要上市。業績也看漲，連會計師都幫我們掛保證。難道你要眼睜睜糟蹋這個大好機會嗎！」

一扯到錢，連我也很難反駁。

以前在美少女遊戲的公司任職時，我曾經被迫參與經營。由於會計落跑，受社長之託才有樣學樣當了一段時間。不過從管錢的立場看公司營運，的確一切都會不一樣。

經營公司就是得花錢。尤其開發遊戲軟體的公司缺乏定期收入，所以在遊戲發售之前一直都是赤字。預估將來會有大額進帳，一口氣償還累積幾個月的赤字，是風險很高的生意。

只要遊戲暢銷即可。若是成為爆款，不僅能一下子賺到好幾年分的營運資金，也能在開發上充分注資。可是長期開發後釋出的遊戲一旦業績不振，公司會頓時前途茫茫。

我明白社長為了盡可能減輕壓力，試圖藉由股票上市募資，或是急著釋出手遊。雖然我明白。

「可是延後三個月釋出不至於影響本季的業績，這點程度總該……」

「讓玩家等待的期間，競爭對手肯定會推出限定活動搶熱度。然後我們就會不斷失去話題關注度。」

「這……」

社長說得沒錯。如今的手遊界早就殺成一片紅海，只要有任何鬆懈，對手就會搶占先機。眾所周知，不論有任何原因，一旦出現「空窗期」就會更加不利。

「開發總是要求多給一點時間。要做出好東西肯定要時間，可是世界上最重要的就是時機。一旦錯失時機，甚至會喪失原本能得到的事物。況且釋出遊戲的時間與事先公布的日期吻合，在市場也會獲得不同的信任。」

之前社長半開玩笑的口氣完全消失。讓公司發展到如今的規模，身為經營者的發言十分有份量。

我實在沒辦法繼續反駁他。

即使不甘心，可是對於這個項目，我始終只具備開發者的眼光。畢竟就算有眼力評鑑成品的品質，我依然是財務門外漢。就算我繼續爭辯，社長也只會以「你根本不明白」這句話堵我。

「知道了吧，所以你好好製作自己小組的遊戲，以及想盡辦法勸說御法彩花。這是為了公司，也是為了大家！」

說著社長站起來，特地拍了拍我的肩膀。

「知道吧，我可是很相信你的，希望你能忠實達成自己的工作！」

於是我默默低頭，離開社長室。河瀨川明明水深火熱，結果我什麼都無法改變，實在很懊悔。

◇

我再度在中途的新宿下車。

然後走到三丁目，進入以前在美少女遊戲公司工作時就經常上門的居酒屋。這間居酒屋蓋在年代久遠的劇場旁，從以前就有許多業內人士光顧而聞名。

「歡迎光臨！請問一位嗎？」

我點頭後，坐在後方的座位。向店員點了高球雞尾酒與醃漬野澤菜（長野縣的醃漬蔬菜），等酒一端上桌我就喝了一口。

嘶嘶作響的碳酸，以及略濃的酒精逐漸滲入腦中。我原本酒量就不好，喝到一半左右，我的視野角落已經像加了柔焦濾鏡般開始泛白。

「結果……我一事無成呢。」

到頭來我完全幫不了河瀨川。社長不肯接受延期的要求，我唯一的方法只有派自己的組員提供協助。

連我自己都趁空閒時間，率先檢查與除錯。

但即使只是稍微接觸，我都知道這款遊戲有許多可怕的惡性bug。這讓我束手無策。

「您的醃漬野澤菜來了～請用！」

咚的一聲，堆成小山的野澤菜放在桌上。

岸田再度拜託我，盡可能別和A組扯上關係。畢竟自己小組的組長要去踩顯而易見的地雷，他當然會有這種反應。

表面上明明是備受期待的ＩＰ，實際上大家都對這個企劃提心吊膽。這才是河瀨川目前執掌的ＩＰ真正面目。

我明知道這一點，卻無法幫她任何忙。

「我什麼都辦不到啊。」

我以為自己無所不能。

我以為自己什麼都做。

可是排除在時間與經驗上開金手指，最後我得到的只是有一點人脈與受人信賴，無可非議的管理職。

別說拯救任何人，我不僅救不了，還接連破壞他人的夢想。

我在別人的遺骸上建立幸福的家庭。

乍看之下有選項，其實一個選項都沒有。

所以這果然是終章吧。

表面上是快樂結局，其實是確定壞結局路線後的終章。

玩家沒有任何選擇權，也沒有更改遊戲的權利。每天只能點滑鼠，翻過一頁又一頁的日曆。

難道在這個世界上，沒有人需要我嗎。

「什麼……跟什麼……」

高球雞尾酒的碳酸十分刺激喉嚨，傳來痛楚。

◇

轉眼間過了兩個月。

神祕發條「順利」面臨釋出日。即使在工作人員不眠不休調整之下，首發依然bug頻傳，伺服器甚至當過機。但即使諸多不順，遊戲總算開始運作了。

話雖如此，這並不代表工作人員的工作告一段落。A組成員連假日都加班，不斷調整與維護。御法彩花繪製的新角色設計也絲毫沒有交稿的跡象。

「欸，媽媽，畫隻馬吧！」

真貴拿著塗鴉本與彩色鉛筆，坐在志野亞貴的腿上央求。

「唔～抱歉喔，媽媽不太會畫畫。」

志野亞貴明顯露出傷腦筋的神情。

「真貴，過來這邊。爸爸幫妳畫隻馬。」

「嗯。」

我開口後，真貴便老實地走過來。

「抱歉喔，孩子的爸。」

志野亞貴表示歉意。

「沒關係啦。那麼真貴，妳想要什麼樣的馬呢？」

「我想要斑馬！」

真貴指著圖畫書上的斑馬，央求我畫一隻。

「好，那就稍等爸爸一下。」

當我面對雪白的畫紙時，手突然停了下來。

以前志野亞貴不只會畫人，任何事物都畫得非常好。不分背景或角色，她什麼都喜歡畫，而且十分擅長。

（讓畫面在腦海中播放。然後在某個瞬間暫停，直接畫出畫面就好了。）

我想起志野亞貴以前說過的話。在她的筆下，任何圖畫都充滿呼之欲出的躍動感。

但她已經封筆不畫了。

甚至連最心愛的女兒拜託，她都不願意重拾畫筆。

「……唔，這樣如何呢。」

結果我畫的東西除了黑白相間的條紋與有四隻腳以外，看起來一點也不像斑馬。

「爸爸畫得好差喔！」

與塗鴉本搏鬥了三十分鐘的結果，遭到毫不留情地批判。

「真貴，爸爸好不容易畫給妳的喔。」

即使志野亞貴委婉地提醒，

「那麼我來畫！」

真貴卻似乎沒放在心上，再度開始畫自己的畫。

我們兩人都輕輕嘆了口氣。

「孩子的爸，話說手機從剛才就一直發亮喔。」

「噢，謝謝。是什麼事呢……」

聽到志野亞貴提醒，我伸手拿起手機。

「是手遊更新。」

手機顯示神祕發條更新的通知。

遊戲上線後，手遊就更新過好幾次。由於原本就預定更新，所以還在意料之中。不過缺陷比原本的預料還少，在公司內受到不錯的評價。

肯定是河瀨川盡可能挽救過吧。

「是之前河瀨川說過的那一款嗎？」

「沒錯，上線後我安裝在手機內玩了一下，可是更新有點多。」

「嗯……那我也試玩看看吧。」

出乎意料，志野亞貴有在玩手遊。她會坦率提供身為玩家的想法，我也一直參考她的意見。

「可以試試看，遊戲整體水準很高。」

「嗯，之後我會安裝看看。」

總之更新遊戲後，我鎖上了手機。

「今天晚餐去外頭吃吧。」

「咦，怎麼這麼突然？」

志野亞貴感到驚訝，並且確認日曆。

「不是什麼特殊日子啦。只不過平時都讓媽媽做飯，今天就放輕鬆吧。」

如果日常生活一成不變，我能做的頂多只有慰勞一下大家。讓未來改變的她，以及她的孩子獲得幸福。因為以我笨拙的腦袋，只想得到這種方式。

「真棒啊，那就先想想要吃什麼囉。」

「嗯，大約一個小時候出門吧。」

就在這時候，

「咦，有來電……等我一下。」

突然響起的手機嚇了我一跳，我確認來電者。

「啊，是森下小姐……？」

雖然我知道她的名字，但這是第一次接到她的來電。

「公司同事？」

「嗯，可是平常從來沒接過她的電話……」

畢竟平時都在公司見面，沒理由打電話。

而且她是河瀨川小組的組員，不會直接找我。就算有，也頂多為了前一陣子的御法彩花。

難道彩花發生了什麼事嗎。我有不太好的預感。

「……妳好。」

我接通電話。不久後她本人接聽。

通話本身應該不到兩分鐘，她轉達的事情相當清楚。我聽到她的聯絡後，以手邊的電腦確認情況，然後立刻掛掉電話。

「志野亞貴，抱歉。」

還拿著手機的我，轉頭望向她。

「下次再去外面吃飯吧。我得去公司一趟。」

◇

在明治神宮前站下車後，我快步前往公司。在路上我已經大致掌握了情況。

「是轉蛋機率的問題。目前謠傳每個帳號的的機率都不一樣。」

離開家後我立刻再度聯絡。森下小姐的聲音在顫抖。

「我沒聽過這種設計耶?該不會是真的吧……」

「不，我們絕對沒做這種事!」

首先前提是，神祕發條從遊戲剛上線，設計上就有非常多bug。因此到處都有人利用漏洞百出的設計以惡作劇。連實際上沒有的bug，都有人透過改圖等方式擴散。

「這次的轉蛋機率不太理想。」

由於SSR的出現機率刻意調低，遭玩家批評『設計落伍』。此外也因為bug頻傳，玩家之間逐漸累積了不滿。

不過在這種階段，情況還不算要命。遊戲本身可以順利執行，美術與音樂等部分的水準都很高。因此之前還停留在部分惡質玩家煽動的程度。

可是在遊戲上線後一星期的今天，情況急轉直下。

「您知道末森裕太先生嗎?」

何止知道，他是本作負責主角的聲優。年紀輕輕就非常受歡迎，每次舉辦活動，門票都超級難搶。

「末森先生連續抽中好幾張SSR，導致有玩家質疑是否有舞弊。」

控訴的玩家附上圖片，指控公司竄改遊戲內部資料，操縱每個帳號的SSR機率，在推特大肆指控。此舉引爆了之前玩家之間累積的不滿。

「可是那種設計是謠言吧？仔細說明不就好了……」

「……我們偏偏在這個時候犯下大錯。」

神祕發條的官方社群網站負責人很認真，卻經常多嘴。

關於這次的謠言，他已經仔細解釋，還提出證據反駁圖片經過惡意竄改。可是他卻加了一句多餘的話。

「負責人說，這次遊戲中有許多極為惡質的用戶，不斷妨礙營運……」

聽得我頭疼不已。官方負責人肯定也長時間憋了一肚子火。可是在解釋、道歉的發言過程中，最大的忌諱就是指責目前最混亂的玩家。

底下的留言回覆當然被轟得體無完膚。「對啦我們就是惡質玩家啦」、「竟然罵玩家惡質，這種遊戲我不玩了」、「惡質公司做的遊戲只有惡質玩家會玩啦，爛貨」。事情鬧到連「惡質」這兩個字都成了熱門話題。導致遊戲進入無限期長期維護，公司召開緊急會議。

「社長已經找河瀨川小姐，並追究她的責任。目前還在忍耐著應付玩家的抗議，但河瀨川小姐已經三天沒回家了……」

我以肩頭夾著手機，同時用定期票感應閘門口。

「總之我盡快趕到。對了，順便也先連絡岸田。跟他說我他有急事。」

「我知道了。」

「那我要搭電車了，剩下的等到公司再說。」

掛斷電話後，我跳上電車。

根據剛才的內容，是負責人一開始應對不當而引發眾怒。只要確實拿出誠意，誠心誠意應對，雖然傷口很深，但還有機會重新再來。

可是我的心中一直很不安。相較於外表的華麗，我很少見到內部如此千瘡百孔的程式。萬一出了那麼嚴重的bug，可不是某人加加班就能解決問題。

「希望不要發生嚴重的問題……」

只要心中產生這種不安的感覺，幾乎都會發生糟糕的情況。

抱持類似預感的感覺，我搭乘星期天的電車前往原宿。

一抵達公司後，我立刻衝向開發課的三樓。剛進入電梯，身後有人跟著進入，告訴我「不好意思，請先前往二樓。」

「咦，森下小姐？」

進入電梯的人，是剛才打電話給我的她。

「不好意思，河瀨川小姐吩咐我，有事情要先告訴橋場先生您。」

抵達二樓後，我們直接前往會議室。

從樓上不斷傳來毫無間斷的電話鈴聲。應該是從營業與客服部門的四樓傳來的。

「那些全都是客訴電話？」

「是的。客服人員已經拚了命應付客訴，可是顧客罵得十分難聽。剛才又有女生說實在受不了而跑掉了……」

似乎有人在匿名留言板貼了客服以外的電話號碼。導致其他課要打電話，都得被迫改打手機。

「……糟糕，得趕快決定怎麼應付才行。」

聽到我的話，她嘆了一口氣。

「可是依照社長的態度，大概很難決定吧。」

「社長的態度？」

「社長一直在開發室大吼大叫……甚至還吵起來。」

似乎馬上就出現讓人頭疼的情況。

「所以河瀨川小姐說要思考對策，才會來到二樓。」

「這樣的確比較好。」

比起所有人亂成一鍋粥，最好區分冷靜判斷的成員。

只有一開始進過的會議室旁邊的『峇里』門開著，從裡頭透出燈光。

「這裡？」

「沒錯。」

我輕輕敲了敲開著的房門，直接進入室內。

「啊……」

在會議室內的河瀨川看了我一眼。

「怎麼是你？召集應該沒有輪到你才對，難道是社長找你的？」

「不，是我獨自判斷。」

如果說森下小姐找我來，她可能得背責任，所以我沒有提及。

「我已經掌握了大致情況，目前處理得如何了？」

河瀨川呵呵笑了笑。笑得很精疲力竭。

「掌握？現在問題早就超過官方應對失當了，就算適當賠罪也沒完沒了。」

「……果然又發生了更嚴重的問題嗎。」

不好的預感似乎成真了。

「如果只是問題的話，或許還好一點。」

她的面前有一疊堆積如山的紙堆。

「你知道這是什麼嗎？」

「不知道。難道是印出來的客訴嗎？」

「客訴的話倒還好，至少還能處理。」

然後她翻開最上面的一張紙，讓我看封面。

「遊戲引擎的問題報告……」

這讓我掌握到情況究竟有多嚴重。

「我大略說明吧。」

宛如事不關己般，河瀨川以平淡的語氣解釋。

一如之前的說明，本作的遊戲引擎是自家公司原創製作。

製作遊戲，其中俗稱「程式」的部分大致上分為兩種。一種是建構基礎的遊戲系統，另一種則是表演等充填的內容。要建構系統部分的遊戲引擎相當困難，需要高度技術。

因此有公司會支付使用費，借用既有的系統。以前在美少女遊戲的製作現場，也用過吉理吉理或 Nscript 等泛用引擎。

可是這樣不只要付使用費，而且表演或其他效果都受限制。因此任何公司的理想，都是製作自己專屬的引擎。社長為何如此堅持自己公司開發的引擎，這是一大原因。

這一次娛樂焦點決定使用自己的引擎。可是不僅極度缺乏準備，以前也從未使用過其他公司的ＩＰ製作遊戲。

「是我的失誤。當初沒想到遊戲引擎這麼千瘡百孔。」

這一次公司程式設計師研發的引擎，以『虛有其表』四個字形容再貼切不過。

引擎的賣點在於表演部分。優點是可以疊加雙重，甚至三重華麗特效。但缺點是如果手機並非最新機種，遊戲就容易當掉，而且基本上卡頓非常嚴重。

「α版測試的時候沒發現嗎？」

「實裝時卡頓還沒那麼嚴重。單項特效的測試都順利通過，才會以為沒問題……」

目前公開的第一部劇情到第四話，可是第五話在實裝階段就已經發現致命的執行錯誤。

事到如今，公司瞞著程式設計師，打算由第三方企業測試遊戲引擎。結果收到的卻是堆積如山的故障報告。

「叫程式設計師拿出全部資料，必須得讓外部人員參與也能修改引擎。」

「辦不到。」

「為什麼？」

「因為對方逃跑了。一收到故障報告的通知，他們就音訊全無。」

……天哪。

簡直是活生生的地獄。面對即使輸入指令，也不保證有確實回應的黑箱，每次都得一邊嘗試錯誤，同時避免其爆炸。意思是這種工作會定期發生嗎。

光是轉蛋機率的風波就已經夠棘手，現在還出這種包，實在太瘋狂了。

「即使徵求程式設計師，也不太可能修復這麼慘烈的狀態。雖然有嘗試徵人，但我認為最好別期待。」

河瀨川閉上眼睛，吁了一口氣。

「接下來每個月都要支撐早已瀕臨解體的主結構，耗費所有精力修修補補。不論多麼不受歡迎，都要先撐個一年再說。意思是接下來的一年內，天天都是地獄。」

我聽說第一部的劇情多達十五章。

換句話說，還有十一章得與炸彈比鄰而居。

「可是這樣……也太殘酷了吧。」

A組的組員之前一直不眠不休工作。

結果不只辛勞得不到回報，還面臨更加辛苦的工作，肯定會有組員精神上撐不下去。

「有什麼辦法，事已至此啊……」

「沒辦法呢……」

森下小姐也難過地低頭。

「來，開始吧。在我們討論期間，風波還在持續延燒呢。還得著手開發，緊急修補才行……」

河瀨川刻意以開朗的語氣，試圖緩和氣氛。在她起身的同時，我們也跟著站起來，離開會議室。

這是公司決定的。而且一切已經以此為基礎開始進行。事到如今，根本無計可施。

況且也沒時間，即使從現在改變也來不及。

因為社長說的，沒辦法。

設定就是這樣，改不了。

不是我負責的，管不到。

沒辦法，就是沒辦法。

再掙扎也沒有意義。

「…………」

我的心臟噗通一聲。

然後停下腳步。

「怎麼了，橋場？」

河瀨川轉過頭來。

「橋場先生……？」

連森下小姐也一臉不可思議地看著我。

我低下頭去。

心臟跳得特別大聲。

呼吸也明顯變得急促。

有什麼辦法？

因為是公司決定的？

因為已經在進行了？

之前工作人員已經拚死拚活工作。難道他們還得以此為由，在接下來的一年內承受更艱苦的地獄嗎？

明明眼睜睜看著，卻要置之不理逃跑？

「這……」

難道我重新來過，到了這個地步，還要抱怨什麼都沒改變？

難道我要拚命找藉口，袖手旁觀放任終章結束？

難道我要享受一時的幸福，就這樣渾渾噩噩？

「這……！」

我差點開口。

可是我卻停了下來。嘴巴像舌頭被切掉一樣光顧著呼氣，原本面向前方的視線緩緩低下去。

腦海中浮現寂寞的笑容。

是他的笑容。身為創作者，他那句『我一直很嫉妒你』聽起來實在太悲慘了。

是他。他讓我沒有機會開口，就此離去。

如果我多管閒事，可能會再度發生當時的悲劇。

到時候，未來將不存在我認識的任何人。

明明已經親眼目睹現狀，而且絕望至極，難道我還想採取行動嗎。

難道我沒學到任何教訓，還以為自己有能力，要愚蠢冒進嗎。

事到如今，難道我還不明白自己的立場嗎。

「…………」

彷彿感到巨大的釘子釘在雙腳與心臟。

我說不出口。我實在不敢開口。

因為只要我採取行動，所有人都會不幸。

「走吧，橋場？」

聽到聲音，我的反應是，

「嗅，嗯……」

直接回答河瀨川，然後跟在她身後。

◇

我們搭乘電梯前往三樓，然後打開開發室的門。

畢竟是假日，來公司的工作人員並不多。不過當事人A組組員全部到齊，所有人都一臉疲憊。

有名身穿夏威夷衫的男性手插腰，在房間中央焦躁地來回踱步。

毫無疑問，他就是社長。

「河瀨川!!妳剛才跑哪去了，趕快想辦法解決啊！」

社長一見到河瀨川，便立刻大聲飆罵。

她走到社長身邊，

「如我先前所說，要是一直不解決根本的問題……！」

「解決根本問題等於推翻重來，怎麼可能啊！」

河瀨川盡可能冷靜回應，社長卻似乎充耳不聞。

「橋場先生……」

森下小姐對我露出求救的眼神。

可是我已經不想插手眼前的情況。

「……抱歉。」

我轉過頭去，回到自己的座位上。

都難得來到公司，我卻什麼都做不了。

因為我一出手干預，就會毀掉一切。

……所以什麼也不做才是最好的。

「聽好，不准多管閒事！這樣一切都會回到正軌！」

社長的聲音響起。我認為他說得沒錯。

我以前的所作所為全都是多餘的。而且因為我，害大家放棄創作者的未來。是我的錯，毀了大家的夢想。

我打開螢幕的電源，啟動休眠狀態的電腦。

在不遠處發生的爭執，彷彿從遙遠的彼端傳來。

不久後連聲音也聽不見了。我排除四周的聲音，封閉在自己的世界中。

我默默確認新郵件。然後呆板地針對幾封收到的郵件輸入回信。受您照顧了，感謝您，真是漂亮的插圖，已確認您告知的進度。鍵盤打字的單調音色，不斷加厚封閉我的外殼。

早知道一開始就該這樣。低調地躲在原本灰暗的世界中，別和任何人扯上關係，就不會有任何人遭遇不幸。

在收到的郵件中，有一封回信來自前幾天委託的作曲家。我同樣呆板地點下通往正文的連結。內容提到可以參考最近上傳的音樂，希望我聽聽。於是我戴上耳機，注視螢幕。

頁面一如往常熱鬧，沒什麼改變。五顏六色的橫幅廣告排列，知名翻唱歌手直播主的活動通知多得目不暇給。頁面與以前我喜歡看的時候沒什麼差別。

我從右上方選擇我的頁面，準備從我的清單尋找連結。只要看 Nico 通知，上傳的影片會自動依照日期順序排列，從清單中尋找即可。

螢幕上顯示 Nico 通知。

我從上依序瀏覽清單，正好看到第三項時，眼前一瞬間天旋地轉。

「咦……」

上頭出現了難以置信的通知。

我揉了好幾遍眼睛，確認自己沒有看錯。

可是不論看幾遍，顯示的都是，

「是N@NA……新上傳的……影片。」

是她的影片，前幾天才宣布放棄上傳影片的她。

我以顫抖的手準備點下連結，但是我停下了手。

為什麼，怎麼會，疑問在我的心中澎湃。許多思緒碰撞在一起，腦海一片混亂。

一下子思考太多事情，我覺得自己快瘋了。

我怕得根本不敢聽。好想關掉影片，跟著退出社群，封閉一切。

可是……我的內心強烈勸誡我，絕對不可以這麼做。

我吞了一口口水。然後反覆吸氣又吐氣。

然後我下定決心，點下播放鍵。

影片一播放後，黑底畫面立刻顯示「抱歉！」。

「大家好，我是N@NA～這個，首先呢，向各位對不起！」

奈奈子鞠躬致歉，露出害羞的笑容。

「哎呀～雖然上一次直播時說要放棄，但我還是學不乖，再度投稿了影片呢！而且還是原創的，哇，話說上次投稿原創影片是多久之前啊。」

接著奈奈子不停顯示以前影片檔案的縮圖。似乎感到難為情，她一直笑著追溯自己以前的活動。

然後，

「——以前念大學的時候呢。」

時間回溯到那麼久以前啊。

「有個人曾經要求我唱歌。於以此為契機，我開始唱歌。」

我差點停止呼吸。

彷彿從耳朵刺入腦中。

「沒錯，全都是他的關係。全部……都是因為他。」

我馬上就知道，她口中的「他」究竟在指誰。

因為我插手，干涉大家，導致未來亂了套。

「一開始我根本不知道要做什麼，糊里糊塗的時候，只接觸過身邊的器材。我心想如果能讓他高興，就照這樣繼續唱下去吧，當時也沒多想。」

奈奈子搖了搖頭。

「而這樣是不行的。我既無法唱出名號，也不打算出名。當時……多虧他指點我，我才能成功唱出歌。」

她一臉苦笑後，

「可是我之後沒有努力。太依賴他導致我什麼也沒做，等他不在身邊後，我很快就鬆懈下來。甚至想將責任怪罪給他，乾脆放棄算了。」

露出犀利的視線盯著鏡頭。

「可是，只有我覺得——不可以否定他為我的付出。」

只見她用力點點頭，然後，

「所以，我決定再唱一次！」

畫面跟著切換。

「畢竟我好不容易找到能發揮真本事的事物，放棄太可惜了！」

接著傳來鋼琴貝斯的開朗前奏，她的歌聲清澈響亮，非常有精神。

我已經無法再直視畫面。因為接二連三湧現的回憶幾乎占據了我的所有視野。

她的歌聲已經超越了唱得好不好的層次。

我嘴裡正好嘀咕與飄過的彈幕留言相同的內容。

「她唱得……似乎很開心呢。」

當年在學園祭的舞臺上，她輕快雀躍地高歌。

相較於刻意塑造，只為了讓歌聲好聽的影片，她的歌聲就是不一樣。

這是喜歡唱歌的人打從心底唱出的歌聲。

「謝謝妳，奈奈子。」

影片結束後，我低頭向她致謝。

照理來說，這樣根本不足以得到她的原諒。我知道這一點。

可是在這個充滿罪孽的世界中，我為她帶來了唯一的救贖。

為了找到她能全神貫注的事物，是我幫她開啟了入口的大門。

我終於找到了一項證據，證明當年我並未多管閒事。雖然這個世界的她並非人氣歌手N＠NA。可是喜歡唱歌的小暮奈奈子依然沒變。

再生数
3,340
コメント数
219
オリジナル
N@NA
4:15 / 09:00

以前我曾經對奈奈子說過。

要找到自己能認真看待的事物。對她而言，這件事就是唱歌。

最後她發現了。可是當年說大話的我，反而失去了幹勁。

而且我一事無成，每天都過著後悔的日子。

「河瀨川！我叫妳聽我的話去做！」

社長的怒吼讓我頓時回神。我望向A組的方向。

河瀨川懊悔地咬嘴脣，雙手緊握。其他成員已經露出放棄的表情，反覆發出疲憊的嘆氣聲。

他們已經失去了透過努力，獲得回報的未來。不論怎麼努力，將來等待他們的都是痛罵與負評。可是他們無法逃脫這種命運，只能強迫自己忍耐。

他們甚至被迫無法發揮全力。

我屏住氣息。

感覺到剛才即將消逝的事物，再度在身體內開始燃燒。

我再一次質問自己。

接下來我想做的，真的是多管閒事嗎？

不是為了假裝自己有罪惡感的藉口嗎？

如今，我的眼前同樣有即將面臨長期痛苦的人。難道我還要堅持自己最好別扯上關係，這是沒辦法的嗎？

「這種事情……怎麼可能……」

怎麼可能沒辦法……！

「我一定要想辦法搞定!!!」

我緊握拳頭，使勁吶喊。

自從那時候以來，從未讓別人聽過我這麼大聲。

從我的口中喊出。

「橋、橋場……？」

開發室內的所有人都狐疑地望著我。

只有河瀨川一個人，露出驚訝的眼神凝視我。

我聽見原本緊繃的氣氛破裂的聲音。在所有人都認為不可能的氛圍下，我下定決心。

從座位站起身，我走向眾人。

「準備大顯身手吧。」

這句話究竟是對他們說的，還是對我自己說的呢。

總之，我在這起重大危機中，強行創造出重大選項。

我相信，這就是我來到這個世界的原因——

第四章 「並不是這樣的」

一個月後，我人在西池袋。

穿過公園一旁的馬路，我站在特別顯眼的高級公寓前方。

深呼吸一口氣後，按下對講機的按鈕。

「來了～」

從擴音器傳出開朗到出奇的聲音。

「我是橋場。」

「啊，等您好久了～」

我一報出名字，大門就和上次一樣乾脆地開啟。

站在大片玻璃門前，我深呼吸一口氣。

「好……」

在腦海中再度確認談話內容後，我下定決心走進大門。

房間內一如往常，整理得相當乾淨。

與華麗的外表相反，顯示非常一絲不苟又謹慎的個性。

「今天只有橋場先生獨自前來呢。」

御法彩花從端在手裡的杯子啜飲一小口紅茶，面露微笑。

今天她並未打扮成哥德蘿莉，模樣非常普通。

「是的，我認為自己一個人應該比較方便開口。」

「也對，森下小姐無論如何都會一開口就提到工作～」

她呵呵一笑，同時將茶杯置於托碟上。

然後雙手禮貌地放在腿上，

「前幾天的風波真是辛苦您了。」

「噢，不會……」

神祕發條的一連串風波，她理所當然也耳聞過了。

她在社群網站上的應對接近完美。由於她負責主要角色設計，而且角色製作趕不上遊戲釋出日，導致零星有人出於揣測批判她。但她完全不反駁，始終堅持靜靜地觀察動靜。

「關於這件事情，很抱歉也造成了老師的麻煩。」

「其實我沒有受到任何損害。更重要的是……」

彩花露出充滿好奇心的眼神。

「我聽說多虧橋場先生，風波才得以平息。能不能告訴我究竟怎麼做到的呢？」

在公司內發生的事情畢竟算是機密。不該輕易告訴他人，我自己也不太想提起這件事。

不過她算是當事人之一，而且也間接遭到風波波及。考慮到我有責任解釋，如果她問起原因的話，道義上我可以告訴她。

我猜她可能知道這一點才開口問我。她真的很聰明，不開玩笑。

「……我知道了。那麼前提是，請老師絕對不要告訴他人。」

「好的，我答應。」

彩花露出和藹可親的笑容。

◇

風波當天，開發室門前籠罩在異樣的氣氛中。

社長在室內大發雷霆，開發人員泰半以馬虎的心態應付社長的吼叫。

這時候，我突然大喊一聲。

室內一瞬間靜得出奇，所有人一同望向喊出聲音的我。

「橋、橋場，你吼那麼大聲幹什麼啊！」

社長的怒火指向我，朝我走過來。

「不好意思，我想稍微拿出一點幹勁。」

「幹勁？幹勁是什麼意思？」

然後社長露出恍然大悟的表情，

「哦，是嗎，難道你要像平常一樣，幫忙解決這場風波嗎，那真是太好了！」

變臉像翻書一樣，面露笑容拍拍我的肩膀。

「什麼事情？」

「你已經知道了吧！神發目前被罵爆了啊！而且根據河瀨川的說法，連程式都很糟糕啊？如果不立刻想辦法，公司就面臨危機了！」

神發是神祕發條的簡稱。社長之前明明說過在公司內要完整說正確名稱，或是開發代號APG〇8。看來社長急得口不擇言了。

話說社長居然丟下開發課位階最高的河瀨川不管，這種口氣難道就改不了嗎。

我向河瀨川使個眼色表示「交給我」，

「那麼可以由我負責解決這起風波吧？」

「沒、沒錯，不過該遵守的規格要遵守！」

果然。社長多半在說公司的遊戲引擎。

「請聽我說，社長。」

我站在社長面前，口氣堅定地表示。

「我們公司開發的引擎根本不能用。丟了吧。」

拐彎抹角對社長這種人沒效。最好一開始就先說結論。

「……啊?」

社長聽得目瞪口呆。

「您沒聽見嗎?我剛才說，要放棄公司開發的引擎。」

「你說什麼!!」

眼看社長的臉愈來愈紅。

「想都別想!你知不知道，專屬引擎今後是我們公司多麼重要的頂梁柱啊!」

「我知道您的意思，可是透過這個企劃執行實在太冒進了。」

「冒進個頭!發表這麼知名的大作，肯定會提升聚焦度，成為股票上市的利多消息!」

哎，社長果然以聚焦度為目標嗎……

我之前不知道社長為何冒著風險也要硬幹，這樣就說得通了。

「可是目前錯誤頻傳，如果不想辦法解決，玩家對這款遊戲的信任會跌落谷底。這樣您也甘願嗎?」

「修、修復不就得了!我剛才也對河瀨川說過，想辦法解決問題啊!」

河瀨川在一旁露出難受的表情。她剛才肯定爭不過社長吧。

「這會導致為了修復所耗費的時間與努力付諸流水。考慮到調整工作必須深入腳本與素材層面，重新製作對之後的營運比較有利。」

「那到底要怎麼做！連程式設計師都沒有，該怎麼製作引擎啊！」

好，終於將話題拉到這裡了。

我已經料到社長會順著『對遊戲引擎置之不理會很麻煩』提到這句話。因為我早就知道社長認為不可能立刻找到替代品，才會不屑一顧。

「遊戲引擎的話，當然有。」

「……啊？」

一臉茫然的社長身後，開發室的門口猛然開啟。

「不好意思，我來晚了！」

B組組長副手岸田進入房間。

「之前我提過的遊戲引擎，已經可以實裝了吧？」

岸田咧嘴一笑。

「當然可以，只要有腳本與素材就能立刻啟動。」

他利用自己的電腦，透過連結通知A組組員放遊戲引擎的位置。

「應該可以從剛才傳給你的檔案直接讀取腳本檔案吧？」

「咦，可是不用調整沒關係嗎？」

「沒關係，直接開始。」

A組的總監一臉半信半疑，從電腦複製檔案。依照指示立刻從該引擎安裝腳本資料，並且啟動。

「不會吧!?」

過了不久，A組總監發出驚呼。

「真的假的……完全沒調整過，居然可以執行！」

「真的假的，而且好順暢！也不會出錯當機！」

工作人員跟著聚集在總監的桌子四周。

「你究竟做了什麼……？」

河瀨川露出不明就裡的模樣看著我。

◇

「……所以您做了什麼呢？」

聽到這裡的彩花，同樣一臉不明白的表情。

「神發的開發從之前就陷入困境。所以我向副手岸田下達指示，請他調查與應對。」

我原本心想，如果不必使用就是萬幸。但是很可惜，這個引擎才是整件事的關鍵。

◇

「這是艾尼戴公司謹製，以穩定性著稱的遊戲引擎，當然穩定啊。」

「咦，你說艾尼戴！他們的引擎不是很貴嗎！」

「畢竟有品質，當然也不便宜。」

「竟然擅自訂購這種東西……這可是重大違規啊！」

如果毫無原因只訂購遊戲引擎，當然是違規。

「嗯，所以使用的是B組的預算。」

「這完全是盜用嘛！喂，身為組長的你怎麼可以做這種事……」

我伸出食指制止，以免社長罵個沒完。

「請您冷靜一點。我的確使用了B組的預算，只不過名義是運行B組遊戲的引擎費用。」

河瀨川點頭。

「原來如此，你訂購的是泛用型引擎，不只B組在用，連A組都能用吧。」

「沒錯。」

眾人發出『哦——』的驚呼聲，但是社長卻破口大罵。

「可、可是使用費與訂製費用會超出預算吧！萬一不行的話豈不是完蛋了嗎……等等，這是什麼文件啊！」

社長講到一半，我提出一張文件反駁。

「請您過目。我們小組確實削減過預算，預留一部分以防偶發事件。加加減減正好控制在預算內。」

一開始我就知道社長會抱怨。

所以我將省下的預算挪用到這裡。如此一來，B組在帳上的支出就不會爆表，也可以避免赤字。

「這樣您沒話說了吧。」

「…………」

社長懊悔地轉過頭去。

因為實際上沒有比這更好的方法。如果不走這條路，所有人都等著完蛋。

「好，那就決定公司要如何應對。這是和河瀨川製作人協議後決定的。」

組員頓時議論紛紛。

「等、等一下，橋場……」

即使河瀨川要插嘴，我仍不在意，

「聽我說完。首先是社群網站方面的官方負責人……」

轉向後方，望向正好在該處的森下小姐。

「森下小姐，由妳來。」

「咦，不會吧，由我嗎!?」

被點到名字的她，感覺比任何人都驚訝。

「所有組員中妳觀察事情最全面，而且也接近玩家的眼光。」

她雖然認真，卻也有詼諧的一面，可以妥善應用。比起不知變通的人，她這種類型比較懂得巧妙處理。

「要上傳什麼樣的文章，一開始先讓河瀨川檢查。等掌握訣竅之後就由妳看著辦。」

「我、我知道了！」

森下小姐以軍禮般的動作回應。

「另外透過電話與郵件兩種方式，向末森先生的經紀公司道歉。還要答應對方，我們會詳細公布在這次的風波中，他們完全沒有錯。另外暫時將今後登場的新角色選角權交給他們。」

「喂！怎麼可以將選角權交給別人啊！這麼重要的權利……」

「正因為重要才會交給對方。如果他們索取毀損名譽的賠償費，對我們而言更傷吧？」

對方也是生意人。只要建立今後的關係，他們應該不至於獅子大開口。

「好，接下來……負責腳本的人，舉起手來。」

坐在後方桌子的男性跟著戰戰兢兢舉手。

「細部調整與檢查系統等工作要花多少時間？」

「我想想……雖然不敢保證，但是包括細部驗證的話，可能要花六天。」

一聽到這句話，社長頓時急得跳腳。

「六天!?這實在太久了吧！三天、三天內想辦法搞定！」

「好，那給你兩星期的時間，拜託在期間內完成。」

「別、別說傻話了！遊戲停服兩星期，你是不是瘋了!?」

我無視社長的聲音，繼續指派。

「換算成上班日是十天，五天調整，三天驗證，兩天反饋，這樣行不行？」

「有、有這麼多時間就超級充分了！」

「那就拜託你了。接下來……」

我一邊看進度表，同時詢問總監。

「補償石頭一般都送多少？」

「這個……每一款手遊都不太一樣。但如果這個企劃要送的話，差不多要送兩三次十連抽轉蛋的量比較好。」

「是嗎，那就準備十倍數量的補償石頭。」

「十、十倍!?」

「沒、沒聽過哪款遊戲送這麼多石頭啊!要送的話，多送一次十連抽不就得了！」

總監與社長同時急得跳腳。

「送這麼少的話，不僅激不起新聞的漣漪，反而還會挨罵。況且官方大放送正好可以掀起話題。」

我照樣不理會社長的鬼叫，站在所有組員面前，

「然後這是比任何事情都重要的業務，希望大家用心聽。聽好了。」

所有人屏息以對的聲音清晰可聞。

等四周安靜到連針掉地上都聽得見時，我開口，

「從今天之後的兩天，所有組員都放假徹底休息。不可以工作喔。從星期三再開始執行我剛才說的應對措施。」

所有人的表情明顯一下子目瞪口呆。

然後理所當然，社長大吼。

「放、放假!?這種緊急時刻什麼也不做，居然還放假是什麼意思！」

「當然，一開始會照常在社群網站上回應。再加上遊戲也停服的話，不就沒問題了嗎。」

「唔、這……」

我沒理會語塞的社長，

「其實妳也想過相同的事情吧？」

向河瀨川開口後，她也默默點頭。

已經工作到極限的人，如果再強迫他背負更沉重的責任，只會害人崩潰或跑路。所以要先讓人休息。等頭腦與身體徹底恢復後再考慮下一步。這樣效率更好，也能發揮成果。

「我沒制止你，結果你從剛才就一直……！」

社長終於一把揪住我的衣領。

「竟然擅自安排各種事情，這可是與全公司相關的重大企劃啊！你知不知道！」

「正因為知道，所以我只是深思熟慮後，想辦法解決問題而已。」

「你根本不明白！你的安排全都會造成公司的損失！聽好，公司必須營利，藉此獲得信任……」

我甩開社長揪住衣領的手，打斷社長的話。

然後，

「社長!!!」

發出足以驚動在場所有人的聲音大吼。

整棟樓頓時安靜得出奇，在場所有人都注視我。

連其他組的開發人員都提心吊膽，窺視我們的動靜。

「咿……怎、怎麼樣啦。」

社長明顯畏縮，但依然試圖反駁。

我盡可能以冷靜的語氣，繼續開口。

「社長您以前說過，一直很相信我吧？」

「是、是說過啊。可是那又怎樣……」

「然後您也說過。這是公司獲得市場信任的關鍵時期。」

「好像……說過吧。」

「您的確說過。社長您非常明白信任的重要性，這非常好。然後接下來才是關鍵。」

我深呼吸一口氣。然後，

「趕上交貨日期的確是信任的一環。關於這一點，在場所有開發人員由於無法遵守，都已經深切反省。」

「對、對啊！那麼至少要盡快恢復上線……」

「可是，一旦發生重大失敗後，要恢復信任靠的不是趕著重新上線。而是確實表達具體的反省之意，盡可能推出實際方案以防再度犯錯。」

靠補釘程式應急，在兩次維護之間短時間營運。這種狀態下根本無法正常玩遊戲。

「目前玩家對這款遊戲的印象差到不行。正因如此，如果不拿出遠遠超越理所當然的誠意，玩家根本不會回流。」

聽到這裡，社長徹底面色鐵青。

「……這款遊戲的評價有這麼差嗎。」

「很可惜，是的。」

這款遊戲的評價已經跌落谷底。

一旦失去信任，要恢復是非常困難的。

可是我們接下來必須挑戰這種難到不講理的遊戲。因此我們要付出非同凡響的努力。

「老實向玩家坦承吧。坦承這款遊戲目前究竟發生了什麼事，以及我們會如何改善。要毫不保留坦承，才能獲得玩家的信任。因為遊戲而失去的信任，只能靠遊戲爭回來。」

所以才會有長到不可思議的停服期間，以及驚人的賠償道具量。雖然這樣依然不算充分。

「……以前，我曾經說過很大的謊言。」

這件事情我實在不想回憶。

可是我認為，現在只有這件事能說。

「為了完成正在進行的工作，以及獲得信任。我靠著能說善道，提供了許多敷衍了事的方法。大家都相信我說的話。可是在工作完成後，大家卻分道揚鑣。這種一時權宜，華而不實的言詞，無法得到他人的信任。」

眼看河瀨川想說什麼，卻又閉上了嘴。

「以前開發的手機遊戲發生極為嚴重的bug時，社長同樣沒有隱瞞，而是公開後親自道歉吧？明明可以隱瞞不說，社長卻不顧業務員的反對，說總不能對玩家撒謊吧。」

社長一臉驚訝，

「橋場，這件事……」

「我覺得很了不起。而且透過坦承公開，手遊也重獲玩家的信任吧。社長您不覺得……兩件事情有點相似嗎？」

開發危機明朗後，我造訪曾經與社長共事過的人，打聽到當時爆紅的手遊開發過程。

社長同樣是眾多創投者之一。當初純粹是出於有趣而經營，與玩家一起透過遊戲服務享受。後來隨著公司規模擴大而不得不改變。

過程有多辛苦，社長肯定有刻骨銘心的體會。做什麼事情都要錢，員工人數愈多就愈燒錢。

「立場上，我很明白社長的意思。可是在這種非常情況中……能不能請社長再想一想，什麼才是最重要的呢？」

我筆直注視社長。

「不強求社長完全站在我們的角度。但能不能請社長多關心一下我們的情況？」

對社長而言，在場所有人應該都是過去的自己。

所有開發組員的視線都盯在社長身上。

而社長像是想起往事般，抬頭仰望。

然後深深吸了一口氣，呼出來之後，

「……我知道了。你們放手去做吧。」

說完便離開開發室。

組員頓時歡聲雷動。

「太好了……這樣應該就有機會搞定了！」

「總之先針對驗證做準備吧，結束之後就回去，回家去！」

原本瀰漫倦怠感與放棄念頭的開發室，轉眼間恢復活力。

「我寫好社群網站的文章了！請您檢查！」

森下小姐跑到河瀨川的座位旁。

河瀨川一臉認真地確認。

「妳也要確實回家啊。否則就沒有意義了。」

「不用你說我也會回去。我好想泡個澡後倒頭就睡。」

河瀨川深深嘆了一口氣，

「橋場……」

然後望向我，面露微笑。

「謝謝你。」

「不客氣。」

確認開發進度開始上軌道後，我走出房間前往社長室。

門沒有關。我形式上敲敲門後，進入房間。

「……剛才謝謝您。」

一進入社長室，我立刻深深低頭致歉。

「真敢說啊，明明害我身陷不那樣回答就下不了臺的情況。」

社長有些嘔氣地回答。

「要坐嗎？」

「沒關係，這樣就好了。」

社長表示「是嗎」，然後緩緩眨了眨眼。

「你已經知道我會退讓，才那樣提議的嗎？」

「不，老實說我不知道。」

「那真是很大的賭博啊。你剛才的行動只要走錯一步，就有可能丟工作吧。」

「那不是賭博，而是……認真的。所以我只是沒有其他答案而已。」

呵呵兩聲，社長苦笑以對。

「認真的嗎，難怪你這麼強。」

正因為聽過以前開發的過程，我才能訴之以情。要是我沒聽過那個故事，就無法堅持到最後一刻。

社長同樣認真戰鬥過後，才站在這個位置上。所以我也能戰鬥。

社長曾經正面挑戰，所以我想表達敬意。

「作為回報，我會和社長做個約定。」

「約定……什麼意思啊。」

面對一臉不解的社長，我緩緩開口。

「……就是由您來繪製新角色。」

彩花哈哈笑了笑，抬頭仰望。

「徹底讓我成為故事中的一份子了呢。」

「是的，拉進來了。」

神祕發條之後好不容易平息被罵爆的風波。當然有玩家批評維護期間太長，但在解釋原因與計畫後，也有玩家轉而擁護。

等到遊戲重新上線後，顛覆常識的超大量補償石頭，以及之前難以想像的順暢系統，成功扭轉了玩家的印象。由於素材原本就品質良好，有人看到公司出手這麼慷慨而產生嘗試的想法，新玩家也隨之增加。

不過在我的想法中，還少了最後一部分。

就是由御法彩花製作新角色。

「能不能……拜託您呢。」

沉默的時間持續了一會。

不久後她開了口，

「……如果能的話，我當然很想啊。」

◇

可是邊嘆氣邊說的，依然是否定的答案。

「我也試過靠自己，尋找各種畫不出來的原因。」

她這一類的創作者，會將外來刺激轉化成藝術表達。

所以她之前也不斷挑戰過全新活動。像是在海外活動，現場直播作畫，或是耗費好幾個月以畫筆畫一張插圖。

正因如此，目前她攀升到頂點後，缺乏刺激是她最大的危機。

於是我緩緩開口。

「彩花小姐開始畫畫的原因。我認為提示可能藏在這裡。」

她的臉上露出驚訝的神情。

「橋場先生，這件事情……說出來好嗎？」

聽到她這句話，我便確信自己的假設正確。

「前一陣子造訪的時候，您不是有一張畫到一半的畫嗎？」

「嗯，我想起以前憧憬對象的筆觸……」

「那位對象的畫……我非常熟悉。非常，熟悉……」

是水彩筆觸。以及在廣闊的背景中，存在感十足的人物。還有彷彿飛出紙面，充滿躍動感的瞬間。

御法彩花正式出道畫畫的原因。

這個世界的我似乎一直隱瞞了這件事實。而她似乎也很清楚為什麼。

由於我失去了之前的記憶，不知道緣由。所以包括她為何對我友善在內，即使見到她並且談過話，我也始終不知道為什麼。

可是蒐集散落的拼圖，追尋御法彩花這位插畫師的過去後，我終於找到了正確答案。

「這個送給彩花小姐您。」

我拆開帶來的包裹，在她面前攤開。

「啊，這次……！」

彩花頓時摀住嘴，驚訝地盯著呈現在面前的東西。

「沒錯，是我以前製作的遊戲，『春色天空』的視覺印象圖。」

製作這款同人遊戲對我而言，是非常重大，大到不得了的分歧點。

過程中，我強迫擔任插畫師的志野亞貴接受許多妥協。

可是唯有一張圖，我放手讓她隨意去畫。

就是當作網站的置頂圖，從發表遊戲後就一直持續推出的視覺印象圖。

這張圖的結構包含她獨具特色的背景、角色等一切。內容是遊戲角色們配合各自的個性與人設，有笑、有生氣、有困惑，同時走在漫天櫻花飛舞中。

從彩花手中接過她回到初心，繪製的完整版插圖時，我感到非常懷念。從這張圖循線找到志野亞貴的畫，其實並不難。

我鉅細靡遺搜尋自己的電腦。心想如果是我，肯定捨不得刪除，存放在哪個角落。我的直覺猜中了。

然後我將找到的檔案印成對開，並且裱框。為了送給對這張插圖有特別想法的插畫師。

「我念高中的時候，一度想放棄畫畫。」

彩花一臉懷念地凝視這張插圖，同時開始回憶往事。

「老師稱讚過我的素描，還打包票說色彩組成很優秀，足以去念美術大學。可是又說我的畫空有技術力，毫無魅力可言。這讓我非常消沉，進而討厭畫畫……就在此時，在喜歡玩遊戲的學長推薦下，我接觸了春日天空。」

然後她抬起視線望向我。眼神十分天真無邪。

「我當時好感動。發現原來充滿魅力的插圖這麼了不起，足以大大撼動人的內心。然後……」

彩花露出感慨良多的眼神，

「讓那時候的我打從心底認為，我也想畫出這種畫。還曾經心想……將來我要和畫出這張畫的人一起畫畫。」

其實彩花早就認識我和志野亞貴。而且也知道她現在在做什麼。所以她剛才這番話都是過去式。

原本在這個世界的我，肯定也覺得看志野亞貴的畫很難受。所以與彩花對談時也始終有所保留。

可是那個我偶然變成了現在的我，才讓志野亞貴的畫與她得以重逢。

「非常感謝您。這幅畫拯救了我兩次呢。我會永遠……小心保存的。」

說完彩花站起身，來到我身旁低頭致謝，

「請給我一星期畫草稿。從線稿到彩圖只需要幾天時間即可。至於變化的部分……請再以郵件聯繫我。」

這代表她願意接手新的角色設計。

我也跟著站起來，向彩花低頭致意。

「非常感謝您，老師。」

「以前是我踏入繪畫界契機的人，現在稱呼我為老師，感覺有點難為情呢。」

彩花害羞地笑著說。

◇

御法彩花之前停滯的時間彷彿不存在般，活力十足地開始工作。

「橋、橋橋橋場先生，彩花老師竟然，來電了！」

在公司內，驚訝過度而發抖的森下小姐向我報告。

「老師說了什麼嗎？」

「老、老師說，角色的草稿畫好了，現在馬上送過來。然後我說，不好意思勞煩老師跑一趟，所以會直接去拿！」

「噢，這樣老師應該會高興。」

那一天的「討論」後，我聽彩花親口表示過對森下小姐的種種信任。

她的喜悅之聲包括了信任終於開花結果。

「是的……真的非常感謝您，橋場先生！」

森下小姐一如往常向我深深致謝後，一把拎起包包背在背上，

「總、總之我先去一趟！」

再度身體東碰西碰，同時慌慌張張地離開公司。

「這樣應該……沒問題了吧。」

確認她離去的身影後，我吁了一口氣。

彩花遵守約定的日期，上傳了新角色的設定畫。

品質高得無話可說，而且繼承之前的畫風，更挑戰新的上色方式。這張圖在她的

作品中同樣意義非凡。

「彩花老師聯絡說，下一名角色也一定會完成！」

森下小姐大喜過望地前來報告。

「是嗎，那真是太好了。」

好久沒有發表新插圖的她終於推出新作，她繪製的新角色堪稱神發的救星。上線當初的負評彷彿不存在般，充滿了期待接下來劇情發展的玩家。

「這樣應該可以暫時……放心了吧。」

「暫時是。不過期待值也跟著提高了，接下來可要辛苦囉。」

要從從谷底扭轉評價，其實相對容易。由於玩家原本就不看好，即使是一點點優點都會受到另眼相待，轉換成正面評價。

不過接下來的發展卻不一樣。既然在玩家眼中，營運已經上了軌道，即使是細小的錯誤都會被大做文章。

「放心吧，河瀨川小姐為此製作了份量超厚的手冊呢。」

河瀨川之後的處理相當了不起。

包括更改遊戲引擎後的細部變更點，社群網站之類的應對要點，以及今後的發展。所有指示都細微入裡，安排了確實的應對與方針。

「想不到她會率領社長展開交涉。」

她還與得勝者軟體公司共享這份發展方案。更獲得高層承諾，今後同樣由我們掌握主導權拓展業務。

社長表示，協商的主導權似乎始終掌握在河瀨川手上。

「河瀨川小姐說，已經安排好了，就算少了她也能運作三年呢。」

「她果然很厲害。」

雖然之前糟糕處境接二連三，導致她始終難以發揮本領。但她原本能力就強大，一旦開始上軌道後就不需擔心。

正好中午十二點的鈴聲響起。到了午休時間，四周也逐漸開始熱鬧。

「那麼我也去找她去吃午餐吧。」

說著，我望向她的座位。

「咦，橋場先生您沒聽說嗎？好像下午兩點要從羽田起飛喔。」

「啊？」

我看向河瀨川的座位。雖然她平時都整理得很整齊，今天卻特別顯眼。桌上竟然什麼也不剩，讓人感到奇妙。

她就像責任感這三個字的化身。凡事都非得自己動手才甘心，所以對管理職不知所措。

即使詳細製作了手冊，她依然會以手冊為基礎，事事都要親力親為。所以我有料到她會製作手冊，但之後卻不太對勁。

就算她不在也能運作。

突然要去搭飛機。

桌子整理得空空蕩蕩。

「森下小姐！」

我急忙回到座位，抓起背包奪門而出。

「幫我下午請半天假！」

「不、不會吧？」

在聽到她回答之前，我就快馬加鞭火速衝下樓梯，跑出公司。

向正好開來的計程車招手，

「羽田機場國內線航廈，快一點！」

為什麼我之前沒有發現呢。

我如果插手干預她擔任負責人職位的現場，的確會讓她很難做人。即使社長保住她的位置，也會降低部下對她的信任。

即使我宣稱是河瀨川決定的，可是對當時在場的人而言，帶頭的人顯然是我。

當時事情的確順利落幕。可是我原本以為，之後的事情她會設法搞定。

她能力優秀，理解力也出眾，所以多半沒問題。

但是我當時卻不知道。

我錯了。錯得離譜。

她能力愈優秀，就愈陷入困境。

結果我絲毫沒有從貫之那件事情學到任何教訓。沒考慮我行動後會有什麼後果，只拿得出斬草除根式的解決方法。

結果我只想到自己。只要自己出風頭就夠了。

「我怎麼這麼傻……！」

我反覆以拳頭毆打座位。

真希望能爭分奪秒，趕往她的身邊。

一抵達第一航廈，我連接過零錢都來不及，就連滾帶爬衝進機場大廳。

時鐘顯示已經過了下午一點。飛機會在起飛前三十分鐘關閉登機門。所以我勉強趕上。

我的視線掃過檢查行李的隊伍。可是沒有發現她的身影。

「河瀨川，拜託妳還沒走……！」

然後我一下走，一下跑，睜大眼睛盯著四周。

可是不僅座位，我連機場大廳都徹底找過，卻始終沒發現她。

「河瀨川……！」

我上氣不接下氣，當場跌坐在地上。

結果還是沒趕上。她肯定會在旅途過程中提出辭呈。一旦她提出，肯定無法讓她改變主意。

然後她會從我的面前消失。一如當年的貫之。

「對不起，對不起……！」

我雙拳緊握，靠著頹坐地上的雙腿。

什麼叫來到這個世界的原因，什麼叫真本事。靠這種拙劣的作戰，究竟要怎麼帶給眾人幸福啊？

到頭來，我還是保護不了任何人。我過度解讀奈奈子對我說的話，自作聰明地扛下責任後展開行動，結果就是這樣。

「嗚嗚……嗚嗚……」

不知道是哭聲還是呻吟聲，一股難以發洩的鬱悶即將從脫口宣洩而出。我現在的悲慘狀態非常適合作為這個世界的結束。

擦得雪白發亮的地板，如實反映我悲慘的模樣。

有個人影接近我。手中拉著鮮紅色行李箱，穿著同樣鮮紅色裙子的女性逐漸走近我身邊。

聲音從我頭頂上傳來。

「橋、橋場……你怎麼會在這裡？」

我回頭一瞧，發現視線前方。

「河瀨、川……」

剛才我找了好久的她，就站在我面前。

◇

我坐在距離出境大廳不遠的長凳上等待她。

沒過多久，她端著兩個盛裝咖啡的杯子回來。

「來，拿去。」

「噢，嗯，謝謝……」

答謝後我接過咖啡，喝了一口。

微苦的香氣迅速從口中穿過鼻腔，我這才緩過氣來。

「真是的，難道你就沒想到傳個ＲＩＮＥ或打電話嗎。」

「……抱歉。」

「雖然我的確認為，對你不告而別是我的錯。」

結果河瀨川真的只是去休假放鬆，沒什麼特別的。

如果模樣與平時不一樣是偶然，辦公桌上整理得比平時乾淨也是偶然。

「我怎麼可能辭職呢。你當時那麼漂亮地扭轉劣勢，要是我來不及報恩就狼狽逃跑，也未免太丟臉了。沒有狠狠地奉還，讓你說出『我認輸了』，我才不甘心呢。」

我真是太小看她了。河瀨川英子即使出了社會也依然沒變。她從未丟盔棄甲，逃離火花四濺的戰場。那件事情可能只是偶然碰上她虛弱的時期而已。

到頭來是我太過武斷了。

「妳不去沖繩了嗎？」

「我改變主意了。已經取消了，所以沒關係。」

「抱歉……」

「你沒必要道歉吧，真是的。」

河瀨川顯得特別生氣。這也不能怪他，畢竟有個會錯意的大傻瓜十萬火急趕來，害她即將度假的心情煙消雲散。

上班日的機場依然滿是出公差的旅客。與假日的人潮不一樣，顯得特別著急，時間彷彿流逝得特別快。

我和河瀨川在人群中顯得特別不一樣。我穿 polo 衫與牛仔褲，她穿針織衫羽毛外套，搭配裙子。彷彿只有我們這邊異於別處，散發放假的氣氛。

在我思索該如何道歉時，河瀨川向我開口。

「為什麼你會擔心到這麼衝動？」

「是因為……」

我欲言又止。

在人山人海中，我獨自回溯時間。

十年前，我與優秀的夥伴們相遇。心想只要能與他們一起創作，任何作品我都願意。我盲目冒進，也胡亂開口。然後……我還想活用自己的十年優勢。

結果我失去了一位夥伴。在未來等著我的，是失去其他夥伴的自己。

「因為我害怕。擔心大家不在了之後，連河瀨川妳也消失無蹤。」

河瀨川的表情隨之僵硬。

「橋場……」

她的表情像是擔心，又像是在可憐我。

「志野亞貴，還有貫之……原本都那麼有本事，結果不知不覺中，兩人都放棄當創作家。連奈奈子都……」

雖然她沒有放棄唱歌，但我毀了她的才能依然是事實。

一切都是我的錯。

陶醉在萬能的感覺中，以為自己能解決任何難題，結果世界依然沒有任何改變。破壞者至少應該低調一點，別去牴觸這個世界。我才剛抱持這種想法，結果再度輕率地採取行動。

「這全都是我害的。看以來好像為他人著想，結果想的全都是自己。」

以前我始終相信只要在這個世界上有人需要我，就是最大的報答。我原本以為奈子說的那番話，至少是對我的肯定。

但是我錯了。我越採取行動，就會害人越來越缺乏容身之處。

我算哪門子製作人，算哪門子創造機會的人啊。

結果我居然只創造出自己的舒適圈。以警惕意義而言的確很完美，是最棒的未來。因為這個快樂結局的終章，是為了讓我徹底絕望而存在。

「也對，你以前一直掛在嘴邊。說對不起他們，自己很沒用。就算我問你原因，你也只會說不行。」

「嗯……沒錯。」

之前在這個世界的我，似乎果然也有相同看法。

而且多半只會光出一張嘴後悔吧。

「你真的一直認為大家都因為你而不幸吧。」

「……嗯，我在這個世界本身就是錯誤。」

沉默持續籠罩。飛往沖繩的廣播結束，登機門關閉。

河瀨川注視著登機門的動靜，然後輕輕以自己的右手置於身旁我的左手上。

「河瀨川……」

我們彼此四目相接。

「也對。」

她簡短回答後，迅速改以右手提起原本置於左側的提包。

然後，

「河瀨川……咦？哇！」

啪——!!

她手中的提包使勁甩在我的背上。

「好痛！妳做什麼啊!!」

「囉嗦！真的氣死人了!!」

然後河瀨川繼續拍打我的背。老實說，非常疼痛。

四周的目光完全聚集在我們身上。機場人員指著我們，在討論是否要上前處理。

旅客中甚至有人迅速拿起手機準備拍攝。

「別、別這樣，河瀨川，難、難道我說了什麼奇怪的話嗎？」

「就是沒有啊！」

「咦……？」

眼前發生的事情讓我難以置信。

河瀨川眼眶泛淚。不，已經有兩三顆淚珠落了下來。

「你這個人樣樣都優秀，還老實到過分，簡直完美到讓我覺得自卑啦！」

「河、河瀨川……」

「為什麼，為什麼你從來不向他人尋求幫助？凡事都想攬到自己身上？難道其他人在你眼中這麼不可靠嗎？難道在你不知所措的時候，都沒想過依靠他人嗎……？」

打完後河瀨川用力喘氣。

「就是這樣害你最後撐不下去。當時也是這樣。貫之消失後，你總是追尋他的幻影。老是靠自己撰寫根本不擅長的劇本，絲毫沒考慮過找個會寫劇本的人。志野亞貴說要放棄畫畫時也不抵抗，奈奈子受挫時同樣沒伸出援手。可是……可是！」

說著她站起身。從上方低頭瞪我。

「可是你有必要這麼誇張，連大家的未來都負責嗎！又沒人叫你這麼做！為什麼要如此苛責自己，一個人鬱鬱寡歡慘兮兮啊！還說自己很沒用，為什麼……為什麼你要這麼認為！」

宛如讓我見到哭得唏哩嘩啦的容貌般，憤怒、悲傷等各種表情交織在一起的她，

「你、你啊，不論何時都真的，真、真的很努力。總是延後自己的事情，為了

推動他人，讓他人完成作品而努力。笑的時候大家一起歡笑，哭的時候獨自暗暗落淚。而且從來沒對不起他人。」

使勁吸了一次鼻子後，

「所以說!!」

河瀨川一把揪住我的胸口。

「所以拜託你多拿出點自信！不該存在於世界上？哪有這種事，難道你的意思是，如今在這個世界上幫助過我也是錯的嗎!?」

我用力搖搖頭。

「對不對？你真的很厲害！我可以打包票，以前我遇過的所有人當中，你給人最強烈的刺激，最讓人意想不到。我喜歡你這一點，而且內心嚮往，所以你不要這麼卑屈好嗎！」

我始終一臉茫然，任憑她傾洩情緒。河瀨川犀利地瞪了圍觀群眾一眼，逼退眾人後突然面紅耳赤，鬆手放開我的衣服。

「……這、這個……」

她難得手足無措。

連我都知道原因。

因為她剛才那番話的最後兩句……很明顯包含那種意思。

「呃，我……」

我是不是該說些什麼比較好。

有如打斷想打圓場的我，

「……最後兩句話是多餘的，取消。」

她以宛如發自地底的低沉音調，主動要求刪除。

「好、好啦……」

連我都沒有勇氣當場追問那兩句話的意思。

取而代之，我說出口的是，

「抱、抱歉。」

難為情的道歉。

結果河瀨川立刻露出威嚇的目光。她的視線告訴我：「道什麼歉啊，你怎麼這麼蠢！」

「不是啦，呃……」

也對，這時候不應該道歉。

「……謝謝妳，河瀨川。」

於是我取消。她的犀利目光也隨之消失。

總覺得非常難為情的我，轉過頭不敢再看河瀨川。她似乎也有同感，依然面紅耳赤地緊盯著地板。

咖啡早已完全涼掉。我和她同時端起咖啡，喝了一口。

然後同時說了一聲「不熱」。

四目相接後，我們又同時感到害羞。都幾歲還來這一套。應該說都這個時候，我還是不敢對她開口，真丟臉。

「如果，如果說……」

河瀨川喃喃自語。

「如果那時候，我能回到當時痛苦的你身邊，應該會不計代價幫助你。」

聲音很小。可是，這番話的確是對我說的。

「可是那時候的你……並未向我求助呢。」

她的話中帶著苦笑。

「沒這回事……謝謝妳。」

當時的我如果聽到這番話，肯定會感到很開心。

河瀨川身上總散發難以仰賴她的氣氛。因為她非常努力想出人頭地，所以我害怕主動上前。

「好，那我還是去沖繩吧。」

「咦？」

「剛才說取消是假的。我去問問看能不能換班次，若是能去的話就搭下一班吧。」

她站起身，伸了個懶腰後，

「放心吧，我一定會回來的。」

說完便伸出提行李箱的手，拎起提包。

眼看她即將邁開腳步，忽然轉過頭來。

「還有，雖然你說自己害大家紛紛離去。」

宛如想起來般告訴我。

「可是的確有一項成果開花結果啊。」

「咦？」

「就是御法彩花。她不是因為你製作的遊戲成為契機，才投身繪畫界嗎？」

……對啊。

如果我不製作遊戲，她就不會走上插畫師這條道路。在我原本的世界中不存在她這位插畫師，也是因為我沒有為她創造機會。這麼想就說得通了。

她一直很感謝我。甚至告訴我，是我給了她畫畫的契機。雖然其實是志野亞貴的畫，但如果沒有那款遊戲，志野亞貴的畫的確沒機會在那個時間點一舉成名。

唯一一次。原來我也有唯一一次……創造了大大的契機嗎。

「這個世界上，」

說到這裡，河瀨川停頓了一瞬間，然後露出感慨良多的眼神。

「肯定沒有哪件事情是完全無用的。」

她留下帶有惡作劇的微笑後，走向登機門。

我始終保持沉默，目送她瀟灑的背影。

◇

目前沒心情回公司。

我走上羽田機場的觀景臺，觀賞起降的一架架飛機。

可能由於上班日，觀景臺上沒半個人。

蔚藍的天空中，色彩繽紛的飛機接二連三降落，接著不知飛向何方。其中應該有河瀨川乘坐，前往沖繩的班機吧。

強風從海上迎面撲來。臉在砂礫與海水的氣味吹拂下，我決定先找地方坐下。

沒多久就找到長凳。我輕輕撥開沙子，坐在凳子上。

「嘿喲……」

十年前絲毫不曾喊過的吆喝聲，在這個世界很自然地掛在嘴邊。

我坐在與天空同樣蔚藍的長凳上，再度注視飛機的去向。

風停了。除了飛機起飛的聲音以外，四周靜得出奇。

神奇的是，我的心情十分穩定。我以格外清晰的頭腦回顧之前發生的事情。

我莫名其妙被丟到二〇一八年的世界。即使對誤解與驕傲自大的結果所銜接的未來感到絕望，我依然受到奈奈子鼓勵。還受到志野亞貴的畫幫助，甚至受到河瀨川的拯救。

河瀨川肯定我活著的價值。自從我回到十年後，就一直否定至今的人生，她盡自己的全力接納。

剛才我甚至想當場哭出來。或許這麼說超級老套，但我打從心底認為「待在這個世界也不錯」。

之前我一直以為這個世界是懲罰遊戲。是假裝成快樂結局的壞結局。可是河瀨川的一席話，如今已經驅散了我的自卑感。我來到這個世界是因為我應該來。而這個世界對今後的我而言無比重要，所以才會存在。

今後的我，肯定不是二〇一八年的我，而是二〇〇七年的我。

所以我有預感，覺得這個世界可能已經要結束。而且下一個世界已經開門，正在向我招手。

即使我沒有根據，也無法預測未來。

可是我覺得，這個充滿幸福的世界多半即將結束——

「嗯？」

我突然發現視野角落有人。

是女孩。一頭粉紅色秀髮，十分可愛的女孩。

「是誰啊……」

難道與父母走散了嗎。她發現我後，筆直朝我走來。

站在長凳上的我面前，然後……

走進我的女孩見到我，便咧嘴一笑。

以關西腔開口。

「嗨，橋場學弟。還好嗎？」

這一瞬間，記憶拼圖沒有拼上的部分，宛如洶湧浪濤般湧入腦海中。

「……好久不見了，罫子學姐。」

我宛如早就知道有這麼一刻般，向她打招呼。

第五章 「我下定決心了」

自從來到這個世界後，我的記憶始終斷斷續續。

與貫之在山丘上對談，然後分道揚鑣。我始終缺乏後來的記憶，不知不覺中穿梭到二〇一八年的世界。

當時我究竟怎麼製作遊戲的呢。還記得與北山共享住宅的夥伴們一起製作。可是不只我們而已，應該有人幫忙穿針引線。是老師嗎？不、不對。桐生學長嗎……也不是他。

「怎麼說呢，我心想時候差不多啦。」

登美丘罫子，我都叫她罫子學姊。說著一口生硬的關西腔，是製作遊戲的名人，還是神祕小女孩。在我們製作同人遊戲的過程中，給予全面協助的恩人。

如此印象強烈的人物居然會從記憶中消失，實在很不可思議。但有件事情我十分確信，一直試圖查明原因。

「罫子學姊，請問妳……」

我才剛開口，

「哎呀，別說了別說了。」

她立刻制止我，

「這些事情現在先別問。時間久了你自然會明白。」

並且很乾脆地防止我追問。

「接下來。」

罫子學姊再次停頓片刻後，

「你應該已經知道了吧？時間差不多了。」

「嗯，知道了……應該吧。」

雖然她完全沒告訴我具體內容，不過我已經能充分想像到，接下來會發生什麼。差不多……該與我目前的世界做個了結。以及弄清楚為何我從二〇〇七年的世界，穿梭到二〇一八年來。

而且我還知道，關鍵掌握在我的面前，外表看起來像小女孩的學姊手中。

「你想回去吧。」

一切都濃縮在她的這句話之中。

我想回去。回到二〇〇七年他們還存在的世界。與河瀨川道別後，我一直在想這件事。

「話雖如此。」

罫子學姊突然露出嚴肅的表情。

然後開始對我說教。

「你現在不是順風順水嗎?在中型遊戲公司大顯身手，也深受同事信任。加上回家後還有超可愛的太太和女兒等待你。這種生活不是無可挑剔，幸福得就像一幅畫嗎。」

她背對著我，仰望飛機飛向高空的藍天。

雪白的機身沐浴在太陽光下，看起來閃閃發光。

「就算你選擇活在這個世界，也不會有人責怪你。應該說，會讓人懷疑你為何要選擇其他選項呢。」

然後罫子學姊直接低下頭去。

「可是，一旦你回到原本的世界，這些當然都會消失無蹤。無可替代的家人，有幹勁的工作與夥伴，全都會消失。」

她回過頭來。露出我從未見過的視線，不對……

她的視線我只在與貫之道別的那一天見過，宛如要射穿人一般。

「難道你不惜拋棄這一切幸福，也要回到過去嗎，少年?」

來到未來後，我得知了許多事情。知道自己有多自私又傲慢，以及多麼無知。還知道哪怕我是這種人，從很久以前就有人需要我。

「…………」

再度吹起強風，四周籠罩在海邊的潮濕空氣中。熱氣濕濕黏黏地緊貼不放，我感到汗水涔涔流下。

我偶然想起。

以前在大阪的時候，大學附近有很大的冷暖溫差。冬天冷得要死，夏天卻又熱到爆。即使在沒什麼像樣冷暖氣的房間內，我們依然非常開心……過著每一天。

「我、我……」

當年與他，以及她們的故事後續。如果我的行動能更有自信一點。發現河瀨川的體貼，了解大家的心情，不要獨自背負一切，能多和大家對話就好了。

「我……不是為了想獲得幸福而回去。」

我想創作。

由於不斷選擇逃避，導致我在後悔中拚命向過去祈禱。

不需要與誰過著甜蜜的時光，也不是當個開金手指的英雄。

我的願望只有一個，

「我想煩惱，想遭受痛苦，想感到絕望，想身陷完全無法思考的境地。如果和大家……和他們在一起就能經歷這些，那才是我追求的事物，遠比幸福的未來更重要。」

創作很開心。

即使碰壁，吵架爭論，或是將來會分道揚鑣，但我依然想投身創作。想在創作的現場，和他，以及她，和大家在一起。

「我想要……和大家一起。」

眼淚奪眶而出。剛才我還能忍耐，現在終於忍不住。

我的腦海中浮現貫之害羞的笑容。

浮現奈奈子活力十足的笑容。

以及志野亞貴充滿包容力的笑容。

接二連三浮現之際，某些事物在我心中迸裂。

「我、我想回去……我、我想要回去。回到那段時光，與大家……與大家在一起的時光!!」

我哭得一把鼻涕一把眼淚，像央求某些東西的孩子一把抱住罫子學姊，拚命懇求。

就算重頭再來，我也不認為一切都能順利。不如說，可能接下來會面臨重大失敗。畢竟天有不測風雲。

但我還是想回去。因為我想和大家一起共度時光，然後成長。

我一直摟著她，痛哭了一段時間。罫子學姊溫柔撫摸我的頭，同時始終任憑我發洩情緒。

看在他人眼中，這一幕肯定相當怪異。因為一個老大不小的成年人，居然摟著可愛的小女孩哭個沒完。

可是……我實在停不下來。之前一直背負的事物與好不容易找回的強烈想法重合，排除了其他所有情感。

「……抱歉。」

我好不容易才停止哭泣，道歉後抬起頭來。

罫子學姊的表情好溫柔……看得我又好想哭。

「表情不錯喔。」

我從長凳上起身，

「好啦，走吧。」

她便對我伸出手。

眼看我要直接牽她的手時，急忙阻止自己。

「哇哇哇，等等等等一下！」

「怎麼啦，事到如今還對這個世界依依不捨？」

其實不是。

這個世界有許多我值得愛的人。即使在這短短幾個月之內，我也接觸過非常多人。

所以，至少——

「因為我有想道別的對象。」

我曾經有特別的對象。

我想向她們道別。

看起來實在很像小女孩的她，對好不容易擠出這句話的我，

「……是嗎，那就去吧。」

像目送孩子的母親一樣，面露溫柔的微笑，

「等搞定之後，終於要和這個世界說再見啦。」

然後留下一句「稍後見啦」，隨即不知所蹤。

飛機起飛的巨大聲響從腦後傳來。

太陽的強烈光芒曬得我的頭皮滋滋作響。雖然高濕度讓我全身泡在汗中，但神奇的是，我並未感到不舒服。

我堅定地抬頭，轉身背朝藍天邁開腳步。

◇

搭電車轉乘，回到都心時已經是傍晚時分。

我沒有順道去公司，而是直接回家。雖然我也想看看共事過一段時間的同事們，但我想控制在無論如何都想見到面的對象。

在登戶站下車後，我直接走回自己住的公寓。

仔細想想，這裡成為「我家」也不過短短幾個月之前的事。

「我回來了。」

說著已經完全習慣的問候，同時我打開房門。

就在這一刻。

「欸～欸～爸爸！你看你看！」

真貴從後方發出誇張的腳步聲跑過來。然後，

「媽媽她啊，超──級會畫畫呢！」

說出難以置信的話，還讓我見識到不可思議的光景。

「這……是……」

有一臺小型液晶平板，似乎是我去年買給真貴畫畫用的。

上頭竟然有一幅插圖，還是以我愛不釋手的筆觸繪製。

「是志野亞貴……的畫……」

是夏季的畫。

以藍天與大海為背景，穿連身洋裝的少女。

當時志野亞貴的印象，彷彿藉由每一項題材再度復甦。

我還是有點不敢相信。我甚至覺得世界已經從這裡開始扭曲了。

當初我在這個世界見到的事物，就是讓我感到如此絕望。

「孩子的爸，歡迎回來……啊，真貴已經給爸爸看了嗎？」

身穿圍裙的志野亞貴從後方現身。

「因為媽媽其實超級會畫畫的耶！」

「呵呵，不過啊，爸爸已經看過更多圖畫得很棒的人了喔。」

志野亞貴笑了笑，然後抱起真貴。

「怎麼會突然……畫畫呢。」

我好不容易說出口的是這句話。

「……嗯。」

她一臉害羞，然後露出下定決心的笑容，

「我試玩了一下恭也你說的遊戲。」

「是指神發嗎？」

她點點頭，

「那位叫……御法彩花小姐吧？她的畫讓我覺得很棒。所以我也想跟著畫畫看。」

我感覺自己全身充滿力量。

一股難以言喻的感動，從頭到腳貫穿全身。

不知不覺中，依然手捧著平板的我，已經緊緊摟住兩人。

「咦，怎麼了，恭也？」

「爸爸，怎麼了嗎，爸爸？」

沒有理會兩人的疑惑，我始終保持相同的姿勢，淚流滿面。

「這個世界上，肯定沒有哪件事情是完全無用的。」

河瀨川這句話一直在我腦海中反覆。

御法彩花由於志野亞貴的畫獲得契機，而成為插畫師。志野亞貴也再度因為她的畫，獲得畫畫的契機。

雖然以世間大小事而言，都顯得微不足道。

但是對我而言，這可是千金不換……值得高興的事。

◇

最後一天，我一如往常與她們共度時光。

讓真貴進來洗澡，稍微陪她玩一下，然後和她說晚安。

與志野亞貴一起進入被窩，互相親吻道晚安。

然後，

「真是不可思議。」

共枕長談了好一段時間。

「明明那麼久沒有畫畫了，可是一旦心中想畫的瞬間，就絲毫沒有阻力呢。」

從看到御法彩花的插圖到她重拾畫筆，時間短得讓人吃驚。連她本人都十分驚訝。

「……真的，虧你想得出這種方法呢。」

感覺志野亞貴表情中的寂寞似乎消失了。

她與繪畫的連結果然是相當重要的一環。

「抱歉，志野亞貴。」

「恭也你不需要道歉啦。」

志野亞貴撫摸我的臉頰，笑了笑。

然後她深深吸了一口氣，

「就算不再畫畫，我還有你與真貴，我原本以為這樣就足夠了。每天我都過得很充實，我以為這樣沒有任何問題。」

接近我，說了一句「可是呢」。

「像是畫畫的時候，逐漸融入世界的感覺，以及作品逐漸接近自己腦海中構圖的快樂。更重要的是想畫畫的心情……這些原本遺忘的事物突然回到心中，我感到……」

說到這裡她開始抽泣。眼角還泛起淚光。

「我感到……非常開心。」

「嗯……嗯。」

我摸了摸志野亞貴的頭。總覺得過去的她就在自己面前。

「接下來……要畫什麼呢。」

這是我早就想問她的問題。

「這個啊，我想畫大的事物。因為一開始不太清楚該怎麼畫，背景才畫得小一點。不過下一幅畫我想畫更大，以及更廣闊的事物。大自然景物也好，建築物也好，還有畫女孩子。由於一直沒關注大家最近都在畫什麼樣的女孩，我也想看看別人的畫……」

志野亞貴滔滔不絕地說個不停。彷彿累積了好幾年的話題決堤般，她感興趣的事情接二連三化為語言說出口。

說了好一陣子之後，志野亞貴彷彿突然回神，

「欸，恭也。」

視線朝上，語氣戰戰兢兢，

「我好想……再畫好多好多的畫。然後呢，畫畫的時候應該會……非常專注，所以像是真貴啦……呼啊。」

說到一半，我緊緊摟住志野亞貴。

然後在她耳邊開口。

「不用擔心。我會盡全力支持妳，所以……」

能說出這句話，真的好幸福。

我原以為在這個世界……再也沒機會說這句話。

「妳只要專心畫畫就好了。」

感覺得到，志野亞貴在我胸口不斷點頭。

「謝謝你，恭也。」

我們自然地相吻。

長時間親吻彼此，暫離，再度反覆親吻。

於是我們摟著彼此，進入了夢鄉。

◇

早上起床後，隨即見到彼此的身影，我們都相視而笑。

志野亞貴露出母親的面孔，我則展現父親的模樣。然後叫醒真貴，一天隨之開始。

一如往常吃早餐，為了日常瑣事而笑。

「那我出門囉。」

到了平常的出門時間。

我在志野亞貴與真貴的目送下，在門前穿上鞋子。

「來，路上小心喔。」

「爸爸，路上小心～」

志野亞貴一如往常，露出包容力的笑容。

真貴同樣一如往常，綻放燦爛的笑容。

她們肯定以為我一直是平常的我。

是在製作遊戲的公司任職的上班族，早出晚歸。今天回到家後同樣會說「我回來了」。

可是我已經不會再遇見她們。

即使在命運的捉弄下再會，她們應該也不是同一人。

可是，我不能對她們說出「永別了」這三個字。

所以，

「我出門了。」

說完後，我再度分別抱緊兩人。

「路上小心。」

志野亞貴輕輕說著，然後輕撫我的背。她當然不知道我為何會說這句話。可是她的溫柔一如往常。

如此一來，我終於下定決心離開這個世界。

◇

打開門後，我走出戶外。眼角略為泛起淚光。由於不想讓兩人見到我在哭，我並未回頭，直接前往電梯大廳。

電梯門一打開的瞬間，

「我來啦。」

輕快的態度彷彿突擊訪問般，罫子學姊已經在電梯內等待。

「比我想像中快多了。」

「對呀。得趁你改變主意之前才行呢。」

搭乘電梯來到一樓後，漫無目的的我邁開腳步。

總之我先詢問先前一直在意的事情。

「罫子學姊，我穿梭回原本的時代後，這個世界……」

她似乎已經發現，我擔心自己是否會消失，

「放心吧。你回到過去後，原本在這個世界的三十歲橋場恭也，就會伴隨肩痛與腰痛復活啦。」

哈哈笑了兩聲後，搶先回答我。

拜託，她真是多嘴呢。

走向車站的途中有一座小公園。由於現在是通勤時間，沒有任何人，悄然無聲。

遠端並列著兩張長凳。還設置了一座沒什麼人使用的飲水臺，水龍頭可能壞掉了，水不停流出來。

不停響起水嘩啦嘩啦灑出來的聲音，以及前往車站的人群腳步聲。只有我們兩人站在原地，然後面對面。

我深呼吸一口氣。總覺得一想到再也呼吸不到這個世界的空氣，就想先吸一口。

傳來青草的熱氣與乾燥的沙子混和的氣味。

罫子學姊視線緊盯著我，

「應該沒有遺憾了吧？」

最後一次向我確認。

「——嗯。」

志野亞貴今後會接二連三畫畫嗎。御法彩花是否能完全復活呢。真貴長大後會做什麼。B組所有成員是否能順利製作遊戲。社長今後會不會多為開發著想一點。還有河瀨川……會繼續天天戰鬥嗎。

其實我還想知道這個世界的未來。

但我還是更關心那個世界的未來……想和大家攜手並進。

「那就走吧。」

說著，罫子學姐突然舉起手。

終於要回到那段過去了嗎。

大家目前怎麼樣了呢。雖然相隔好幾個月，可是對我而言……真的感覺過了好長一段時間。

「對了，有兩件事情要告訴你。」

「有事情要……告訴我？」

「對。首先是關於你具備的資質。」

罫子學姊面露微笑，

「自從你來到這個未來後，總認為使用自己具備的能力等於開金手指或作弊。你覺得因為知道未來，所以活躍是應該的。」

將手置於我的肩膀上。

「但是呢，你真的沒有使用任何卑鄙手段。沒有濫用情報害人，或是用惡毒手段賺錢。始終靠自己的力量，為了幫助大家而行動。所以才會深受大家的信賴。」

「……是這樣的嗎。」

「沒錯。所以不論河瀨川或志野亞貴，她們都感謝你。我想奈奈子和貫之肯定也有相同想法。」

雖然我心想哪有這麼好的事。可是河瀨川和志野亞貴，我直接交談的對象的確都這樣告訴過我。

我不知道具備什麼資格，才能獲得回到十年前的機會。但如果罫子學姊的話可信，或許是因為我能將這種幸運發揮在正道上。

「不過你當然不是英雄。而是突然不知從何而來的攪局者，擾亂原本要發生的未來。這可不是為了大家，或是你要拯救誰之類……你已經知道了吧？」

我用力點頭同意罫子學姊這番話。

「我覺得自己之前太自負了。」

穿梭到未來之前，我一直以為只要用自己的能力助人即可。而我也受到他人的感激。可是在我干涉過去的時間點，我的所作所為已經改變了即將發生的事。

「所以……我已經不再覺得自己很了不起。雖然我也相信大家，但更重要的是相信我自己，拿出真本事。」

罫子學姊發出懷念的『嘻嘻嘻』笑聲。

「歡迎回來，主角。接下來又要面臨地獄啦。」

然後她稍微離開我一段距離，手高高舉過頭頂。她一揮動手臂，時間旅行多半就會開始吧。

「對了，罫子學姊，還有另一件事……」

一聽我說，罫子學姊彷彿這才想起來，

「對了，你……」

她應該有告訴我什麼。可是到頭來，我還是忘記了聽到的內容，甚至不記得自己聽過。

我並未被旋轉的漩渦吞噬，或是圍繞在大量數位時鐘之間。我只是熟睡般失去了意識，然後。

——穿梭了時間。

「嗯……」

醒來之後，我見到熟悉的天花板。大約四坪房間的天花板裝了兩盞日光燈，不過其中一盞不停閃爍。

「我回來……了嗎？」

我確認手腳是否能正常活動。

連指尖都十分靈活。最讓我高興的是，即使朝有些奇怪的方向扭曲，身體也不會輕易抽筋。之前三十歲的時候，只要稍微有點奇怪的動作，部分身體一下子就抽筋。

我環顧四周，發現似乎沒人。

這究竟是什麼時候的共享住宅呢。沒有和人談一談，我連這個問題都無從解答。

「啊，這個。」

我看到志野亞貴帶來的泡麵包裝袋。

背後傳來柔軟的觸感。腳下包裹在溫暖的東西中。

「對了，記得被爐還沒收起來。」

意思是說，至少是冬天或是前後不遠的時節。

在我即將起身的瞬間，

「啊，恭也！志野亞貴，恭也醒了喔！」

隨著充滿活力的聲音，還響起有人走下樓梯的聲響。

來者有一頭亮褐色的秀髮，端正的容貌。以及碩大的胸部。

「恭也，你沒事吧？你剛才倒在屋前，我好擔心你呢！」

見到她擔憂地窺視我的神情，我差點流下眼淚。

「奈奈子……我回來了。」

「咦，噢，歡迎回來……」

可能這句話讓她一頭霧水，奈奈子眨了眨大大的眼睛。

然後幾乎在奈奈子歪頭感到不解的同時，

「啊，恭也同學！你醒了呢！」

另一人探頭，映入我另一側的眼簾。

「志野亞貴……」

婉約的笑容，以及帶有方言的柔和聲音。

啊，我終於……回來了呢。

「話說恭也，大事不好了……貫之他剛才跑回來。」

奈奈子向我露出快哭出來的表情。

「說他……不念大學了。還說已經告訴過你，要向我和志野亞貴打招呼。」

「恭也同學，貫之同學他……怎麼了嗎？」

……是嗎。現在正好是那件事的後續啊。

「我知道了。這麼說……接下來正要開始吧。」

「咦？」

「到底是什麼意思呢……？」

我起身後，

「我去外頭一趟，馬上回來。」

「嗯，好……」

「恭也同學，你會回來吧？」

面對不安的兩人，我開口掛保證。

「放心……我哪裡都不會去。」

微笑以對後，我打開懷念的老舊房門，走出屋外。

外頭天氣很好。那一天突然烏雲密布的天空已經不復存在。

在一片蔚藍的空中，白線向遠方劃出一道水平線。

以視線追尋朝東方天空消失的軌跡，我邁開腳步。

五月的風還有一點寒冷，有時候甚至冷得我發抖。

但我並未瑟縮身體或躲避強風，繼續行走。

我走上斜坡。這裡是與貫之分別的地點入口。穿過住宅區旁，橫越公園，我並未改變步伐，一直往前進。

不久柏油路變成泥土路，群山近在眼前。

但我依然持續行走。

最後終於走到盡頭。連我都上氣不接下氣，手靠著電線桿調整呼吸。我深吸一口氣擦拭汗水，然後回過頭來，望向我剛才走過來的道路。

其實我沒什麼目的。

只是想走路腳踏實地，確認一番。

「接下來才要開始呢。」

我向自己低聲開口，並且緊緊握拳。

以前我一直認為，自己要對別人的人生負責。所以在未來才會無限絕望。

因為我知道他們原本的未來，由於我的介入而破壞了這些未來。

可是人生的價值不應該由他人決定，而是自己。他們在那個未來自行做出選擇，開創了人生。即使我的想法與行動介於他們的人生也無所謂。可是以旁觀角度說他們不幸或糟糕，這種行為顯然充滿了傲慢。

河瀨川的一席話，終於讓我發現這一點。肯定人生不只針對我一人，而是包括當時的所有人在內。

所以我不會再後悔。我絕非正確無誤，既非正義夥伴也非英雄。這件事情我要銘記於身心，追求自己渴望的事物。

我不能在無意中產生掌控全局的錯覺。要讓自己逼近極限，並且認真面對得到的答案。只要是我竭盡心力而得到的，肯定會化為成果。

我想創作作品。因為想創作，才得以回到十年前。

我帶回過去的並非金手指能力。而是人生僅此一次的創作熱情。

「路上小心。」

當時志野亞貴的道別，彷彿從天空的彼端傳來。

好不容易獲得鞋子上沾了泥土，抬起腳步，走路的感覺。

——我終於有了實際的觸感。

——接下來，才是我們重製人生的起點。

終章　「現在才要開始」

於是，我回到了二〇〇七年。

結果我還是不知道自己為何穿梭到二〇一八年的世界。兩個世界的境界線始終曖昧不明，我甚至覺得那是一場漫長的夢境。因為與貫之聊完後，到我倒在共享住宅門口的這段期間，我始終想不起來。

但我還是認為那並非夢境。因為我在二〇一八年學到了非常多。不論是屁股或腦袋，還有許多地方受到激勵，讓我獲得了十足的勇氣。

天底下沒有這麼美好的夢境。如果真的有，讓我做這種夢的神明如果不是超級親切，那就是特別好管閒事吧。

回來之後從隔天開始，我馬上對十年前的世界感到困惑。

聽到奈奈子的歌會突然想哭，或者光是與志野亞貴四目相接就滿臉通紅。我當然不可能忘記十年後的她們，但是在生活上忘記一部分似乎比較方便。

但我還是決定連這些部分都仔細玩味。畢竟曾經有一個世界本應存在，後來卻消失得無影無蹤。我甚至覺得感受這段難得的經驗活下去，就像是我的覺悟。

黃金週結束後，我也開始回到學校上課。

「哇哈哈哈哈，怎麼啦，橋場！突然變得沒精神，難道熱昏頭了嗎？」

火川還是老樣子，讓我感到格外高興。

「不，我沒事。一點問題也沒有。」

「哦，是嗎！如果覺得活累了，隨時告訴我啊。我幫你挑幾款消除煩惱最有效的遊戲，讓你覺得煩惱是一件蠢事！」

火川似乎受到提拔，成為那個忍者社團的副社長，目前進一步展開修行。只要改善在舞臺上的糗態，憑他的身段足以立刻擔任主角……最近碰見的學長這麼說。

另外就是學年從一變成了二，沒有太大的變化。

社團也一如往常，瀰漫著平穩的氣氛。柿原學長說考試在即，在社辦前不停轉圈圈跳舞。杉本學長也熱情地唱著歌劇，聲音宏亮到足以傳至山的另一側。

噢，真要說改變的話，之前某位學長過度將我當成新生看待。現在卻一反之前的態度，不再當我是新生。

「總覺得阿橋突然變老了呢。」

「我不覺得啊。」

「我明白！雖然明白，但這種事情要別人提醒才知道，自己是感覺不到的。對不對，樋山妹？」

「你還不是一樣，這兩個月老得很誇張呢。」

結果某位學長突然開始對著鏡子檢查白髮。

「橋場，你下一堂是不是已經選了哲學課？」

然後還有一位女性讓我感到困惑。

「噢，嗯，對啊，選了。」

一見到她的容貌，我不由得舉止慌張。

「你在慌張什麼啊，既然選了就快去吧。先到的人先搶座位。」

她錯愕地說完後，瀟灑地邁開腳步。

河瀨川依然沒變。之前給予我勇氣的她已經消失無蹤，當然這是廢話。

如今在這裡的，是堅強，堅持自我，正在全方位戰鬥中的河瀨川英子。

話雖如此，她依然是她沒變。我忍不住想起在機場發生的事情，於是開口問河瀨川無關緊要的事。

「欸，河瀨川，我有個問題想問妳。」

「什麼事。」

「如果我啊……對某件事情非常煩惱，開口向妳求助的話，妳會不會放下一切……對我伸出援手？」

河瀨川露出懷疑至極的眼神瞪了我一眼，

「……橋場，你是不是去看一下醫生比較好？」

「噢，嗯……抱歉。」

十年後的她該不會稍微對過去的記憶加油添醋了吧？

鹿野寺貫之很乾脆地從大學中消失。

長假放完後不久的共通課程上，負責全學年的加納老師就向大家宣布過。同學們並未露出驚訝的反應。並非大家冷淡無情，似乎因為藝大輟學率本來就很高，早就見怪不怪了。

「他說因為家裡有事，橋場你有聽說過其他的原因嗎？」

下課時間，加納老師突然開口問我。

「不，我沒聽說……」

我實在不敢講真話。

「是嗎……好不容易解決了學費的問題，真是可惜。」

「嗯，不過——這是他的選擇。」

老師有些驚訝後，露出格外溫柔的表情，

「……是嗎，也對。」

簡短回答後，結束了關於他的話題。

如果，他能繼續以川越京一的名義創作。而我能走向與之後的未來不一樣的人生道路。我相信，我們肯定能在哪裡相遇。

然後。

她們逐漸產生了變化。

「恭也，關於之前那件事情……你覺得呢？」

在校園餐廳咬著咖哩麵包的同時，奈奈子問我。

「什麼事情，熱情男性粉絲寄給妳的郵件？奈奈子妳不是非常冷淡地回復了對方嗎？」

「不、不是那件事啦！雖然我也想找你聊聊那件事！」

奈奈子滿臉通紅地回答。

「那會是什麼啊，有人希望妳開設個人網站的事？」

「唔……那件事情我也很想找你商量，不過下次再說。就是啦！」

搖了搖頭後，奈奈子深吸一口氣，

「委託那件事！有同人遊戲的社團來信徵詢啦。」

鼓起勇氣開口。

「主題曲的作詞與演唱吧？我覺得可以試試看。」

「唔……是嗎。」

在同人遊戲唱過主題曲的她，透過在網路上的褒獎，收到來自音樂界的委託。

「總覺得……收到陌生對象的委託會害怕呢。」

都已經向全世界播映過了，結果奈奈子還是會怕。

「試著下定決心挑戰吧。之前上傳唱歌影片的時候，不是也這樣嗎？」

「但那一次是你幫忙我的……」

奈奈子說著，同時不斷偷瞄我的神情。

那我就幫妳上傳，或是幫妳和委託妳的人交涉吧。我如果向奈奈子伸出援手，這樣回答的話很簡單。

但這樣很難說是真的在幫她。我既無從得知，答案也沒有那麼容易找到。

「來，試著一個人挑戰看看吧！」

「嗚哇～恭也你好壞！」

雖然她伸手捶我的腦袋，但我並未改變自己的想法。

要靠自己。凡事得靠自己來。

或許她會覺得我對她撒手不顧，但重點是她得自己鼓起幹勁才行。

如果她還對我有事相求……到時候再一起努力即可。

我想和她一起盡全力挑戰，而不是無微不至地幫她。

——我相信如此一來，就能見到N@NA了。

志野亞貴的變化比奈奈子還明顯。

「恭也，還有要製作遊戲嗎？」

從大學回住處的路上，她突然這樣問我。

「噢，沒有……目前還沒有預定行程。」

我這樣回答，

「是嗎……」

志野亞貴便有些惋惜地回應。

自從順利發表同人遊戲後，就有人期待我們推出之前從未考慮過的「續作」。

可是我們卻和怪誕蟲遊戲的人員形同陌路，簡直不敢相信曾經一起製作過遊戲。

連我的記憶都曖昧不明，想不起當時是以什麼形式製作遊戲。

（因為之前工作的進度表壓得太緊了嗎……）

現在回想起來，當時的工作進度緊到離譜，真佩服我們能完成呢。

可是貫之已經不在，與怪誕蟲遊戲也沒什麼交集。

亦即要製作下一款作品的門檻很高。

「總覺得提不起勁畫畫呢。」

她一邊歪著頭，同時吃著熱水不夠的泡麵。

並且視線從共享住宅的二樓陽臺移到大批烏鴉。

身上還披著烘乾的棉被，一臉茫然地打著盹。

志野亞貴以一如往常的悠哉語氣表示。

或許她只是隨口一說，但我的內心卻憂心忡忡。

（她該不會再也畫不出任何畫了吧。）

之前我沒有問清楚她何時放棄畫畫。畢竟有可能是明天，也有可能是今天。

「實在提不起畫畫的興趣嗎？」

我下定決心，嘗試詢問志野亞貴。

「唔……」

志野亞貴思考之後表示，

存在原因。

「因為失去了契機。」

她一直在尋找畫畫的原因。

以前她藉由畫畫展現自己的存在。但是遇見共享住宅的夥伴們後，她有了其他的存在原因。

「或許是某種燃燒殆盡症候群吧。」

我打電話告訴河瀨川情況後，她這樣回答我。

可能是在製作遊戲的舞臺上，受到限制畫了許多畫，導致結束後熱情突然冷卻。

聽她這麼說，感覺這個答案值得相信。

「假設是這樣的話，該怎麼辦才好呢……」

最簡單的方式就是製作遊戲。

但這次可不比上一次，沒有簡單易懂的目標與原因。要是為了維持志野亞貴的繪畫動機而製作遊戲，包括她本人在內，大家都無法接受吧。

況且太無微不至地照顧她，就變得和以前的我一樣。我必須小心呵護她的自主性，並且為她帶來能激發幹勁的事物。

那該用什麼原因才好呢。

「——想想看，應該會有方法。」

我再度想起河瀨川的這句話。世界上不存在無意義的事物。如此一來，我穿梭到未來，經驗過許多事情再度回到這裡，照理說也肯定有原因。

有一件事情可以確定。

志野亞貴無論何時都愛繪畫。正因為有愛，就算失去想畫的事物而放棄，只要心中想畫些什麼，這一瞬間就會拾起畫筆。

若能點燃她心中的熱情，這樣就夠了。

只要能稍微在她背後推一把。

到了隔天。我有必修的課程，因此前往學校上課。

課程沒多久便結束。我在讓人微微冒汗的空氣中，獨自走下藝坡。

同時我手扠胸前，一邊抬頭一邊低頭。

要說我在想什麼，當然還是在思索志野亞貴的問題。

我很焦急。自從回來之後，這幾天我一直在思考。趁二〇一八年重新燃起的熱情尚未冷卻之際，我想採取某些行動。

可是答案沒這麼容易找到。不論我眺望天空或是凝視雲朵，到處都沒有記載模範解答。

「唔……」

由於今天是星期六，路上沒什麼人。所以我缺乏警惕，邁開腳步。

這時候，難得腳步急促的女孩跑了過來，而我始終低著頭走路。

「哇！」

「呀！」

結果女孩迎面猛然撞上我，這年頭已經很難見到這種撞人的情況了。

「好痛～……」

我的肚子附近挨了一記用力的衝撞，一瞬間沒辦法呼吸。

仔細一瞧，女孩也抱著頭哼哼哀哀。

「抱歉，很痛嗎？」

我被撞的是肚子，她撞到的是頭，照理說我比較疼痛。但對方是女孩，我連忙開口。

女孩有一頭修長的黑髮，戴著大大的眼鏡。服裝與其說有些土氣，整體而言輕飄飄。

「噢，沒有，對不起對不起，我沒事。」

一邊說著，女孩子試圖撿起散落在四周的東西。

「啊，我幫妳。」

總之我撿起散落在我身邊的物品。

有學生證、ＤＶＤ盒子，還有素描本。

我首先撿起素描本。

（……她畫的真好呢。）

正好翻開的頁面，畫著女孩子的插圖。

畫風屬於寫實系，亦即不會大受歡迎的風格。但是從草稿可以看得出下過功夫。

然後我撿起ＤＶＤ盒子。

（難道她有看電影嗎。）

如此心想的同時，我不經意撿起盒子翻到正面，

「咦!?」

我大為驚訝，結果掉了盒子。

「啊！」

女孩也驚呼一聲，搶過盒子後迅速藏進包包內。

「剛才那是……」

「沒、沒什麼，沒什麼！」

她滿臉通紅，強調什麼事也沒有。

但我實在無法忘記剛才看到的東西。

因為那個ＤＶＤ盒子。

（那是……『春色天空』的包裝盒吧。）

就是我們之前製作的那款同人遊戲封面。

「啊，學生證……」

我撿起最後一樣物品，交給害羞地楞在原地的她。

記載學年的欄位寫著○7，代表一年級的學號。

原來她才剛入學沒多久嗎……

「…………」

這件插曲本應就此結束。

噢，連一年級都有女生願意支持我們製作的遊戲啊。對話本來應該到此結束。

可是學生證。

看到之後我愣住了。對，是我。

這怎麼可能。不，可是上頭的確。

「啊啊啊啊，對、對不起！」

她使勁伸出手來，像搶DVD盒子一樣，搶過學生證後，

「真、真的很對不起。我上課要遲到了，先走一步！」

說完隨即小跑步離去。

我依然保持撿起學生證時的姿勢，楞著目送慌忙跑上藝坡的她。

「哈哈……哈哈哈……」

看在他人眼中，我肯定相當滑稽。

因為我被女性撞了一下就呆在原地，還一直笑個不停。

「是嗎……原來是這樣啊。」

我的心情高亢到不能自已。

看過未來的我，知道接下來該做什麼。當然，我不知道該以什麼形式，以什麼方法執行。不過我嘗到的感覺，就像拼圖的其中一片極度吻合缺口般順暢。

考慮接下來的發展，雖然難免不安，但是我更加期待，無比期待未來。

「……好。」

我站起身來。跳動的內心讓身體劇烈顫抖。抬頭見到斜坡的上方，彷彿充滿燦爛的陽光。

——齋川美乃梨。

之後成為御法彩花的女性，她的名字就寫在我剛才撿起的學生證上。

後記

啊，太好了。

暫時成功寫出了早就想在本作品撰寫的內容。

好，接下來才是重頭戲。

為各位讀者帶來《我們的重製人生》第四集。這是我之前寫過的輕小說中最長的系列。

從第三集結尾應該很容易預料到，這一次是他們的未來，也是我們生活的二〇一八年。與作品一同穿梭時空的各位讀者，肯定能實際感受到這十年間，各種事物都大幅改變。不知道各位是否親眼確認到恭也究竟看見什麼、感覺到什麼，然後再度下定決心回到過去呢。接下來才是重製人生真正的起點。敬請各位讀者期待下一集。

以下是致謝詞。感謝接續上一集，以精美的插圖穩穩表達出沉重劇情的えれっと

老師。隨著集數推進，我強烈心想委託您真的太好了。身為一介粉絲，能在第一時間看到えれっと老師的插圖，這份喜悅是我對作品保持熱情的原動力。敬請老師支援到最後。

有責編才有《我們的重製人生》。如果沒有責編，應該早就變成了草率馬虎又不通順的作品。多虧責編慧眼區分好的內容，刪減多餘的部分，同時精準地增添，才能呈現給各位讀者。責編T大人，感謝您一直以來的幫忙。敬請您幫忙到最後（如果您說不做了，我會追您追到天涯海角）。

最後由衷感謝閱讀本作品的各位讀者。雖然有宏大的開場白，但是多虧各位讀者的支持，我才能以最大限度的形式達成想寫的目標。非常感謝各位。えれっと老師，責編大人，以及各位讀者，這部作品不論少了哪一方都無法成立。如果各位讀者看完第四集覺得有趣，敬請務必以看得見的形式，表達各位心中的感想。

那麼我們後會有期。祝各位在這段期間身體健康。

木緒なち　敬啟

浮文字

我們的重製人生（04）

（原名：ぼくたちのリメイク4）

作者／木緒なち　封面插畫／えれっと　譯者／陳冠安
榮譽發行人／黃鎮隆　總經理／陳君平
協理／洪琇菁　國際版權／黃令歡
執行編輯／呂尚燁　美術監製／陳聖義
企劃宣傳／楊玉如、洪國瑋
出版／城邦文化事業股份有限公司　尖端出版
台北市中山區民生東路二段一四一號十樓
電話：（〇二）二五〇〇七六〇〇　傳真：（〇二）二五〇〇二六八三
E-mail：7novels@mail2.spp.com.tw
發行／英屬蓋曼群島商家庭傳媒股份有限公司城邦分公司　尖端出版
台北市中山區民生東路二段一四一號十樓
電話：（〇二）二五〇〇—七六〇〇（代表號）
傳真：（〇二）二五〇〇—一九七九
中彰投以北經銷／楨彥有限公司
電話：（〇二）八九一九—三三六九
傳真：（〇二）八九一四—五五二四
雲嘉經銷／智豐圖書股份有限公司　嘉義公司
電話：（〇五）二三三—三八五二
傳真：（〇五）二三三—三八六三
南部經銷／智豐圖書股份有限公司　高雄公司
電話：（〇七）三七三—〇〇七九
傳真：（〇七）三七三—〇〇八七
一代匯集／香港九龍旺角塘尾道六十四號龍駒企業大廈十樓B&D室
電話：（八五二）二七八三—八一〇二
傳真：（八五二）二七八二—一五二九
馬新經銷／城邦（馬新）出版集團　Cite(M)Sdn.Bhd.
E-mail：Cite@cite com my
法律顧問／王子文律師　元禾法律事務所
台北市羅斯福路三段三十七號十五樓
二〇二二年二月一版一刷

■中文版■

郵購注意事項：
1. 填妥劃撥單資料：帳號：50003021戶名：英屬蓋曼群島商家庭傳媒（股）公司城邦分公司。2. 通信欄內註明訂購書名與冊數。3. 劃撥金額低於500元，請加附掛號郵資50元。如劃撥日起 10～14日，仍未收到書時，請洽劃撥組。劃撥專線TEL：(03) 312-4212 ・ FAX：(03) 322-4621。E-mail：marketing@spp.com.tw

國家圖書館出版品預行編目資料

我們的重製人生 / 木緒なち 著 ; 陳冠安 譯.
--1版. --臺北市：尖端出版, 2022.02 面 ; 公分. --(浮文字)
譯自：ぼくたちのリメイク

ISBN 978-626-316-387-4(第4冊:平裝)

861.57　　110020219

Remake our Life!

為了目前朝某個目標正在努力的你，
青春重來的故事，起始的第四集。

貫之封筆，離開了大學。我，橋場恭也為了某人著想的行動，扭曲了某人該前進的道路。接著這一次，我跳躍了十一年的時空。志野亞貴早已不再畫畫。奈奈子的夢想沒有實現。再度強迫回到原本年齡的我，只剩下原本不該存在的幸福人生。原來，這是我重製的人生。我再度擔任遊戲總監，開始天天工作。與同事河瀨川與夥伴們一起解決每天發生的麻煩。這樣肯定是對的吧，我接受了這一現實。然後，她面露微笑說。
「路上小心。」